Ashley Gilmore

Cinderellas Tochter
Lizzy

Princess in love 1

Lizzy – Cinderellas Tochter
Princess in love 1

ISBN-13: 978-1530057795

Kontakt: autorinashleygilmore@hotmail.com

Email: ashleygilmore.jimdo.com

Lieben wir sie nicht alle, die klassischen Märchen um Dornröschen, Schneewittchen und Co.? Wer aber wusste, dass diese inzwischen heranwachsende Töchter haben, die auf der Suche nach ihren eigenen Prinzen sind? Nach ihrem Abschluss an der Crown School absolvieren die Prinzessinnen ein 6-monatiges Magical in der Realen Welt – Zauber und Liebe inklusive. Aber welche von ihnen will am Ende überhaupt noch zurück nach Fairyland?

In diesem ersten Band der Princess-in-love-Reihe begleiten wir Lizzy, jüngste Tochter von Cinderella und Prince Charming, nach New York City. Wird Lizzy ihre Prüfung bestehen und wird sie ihren Prinzen vielleicht sogar inmitten von Wolkenkratzern statt von Märchenschlössern finden?

FAIRYLAND

Kapitel 1

Heute war der Tag aller Tage. Lizzy war ganz zappelig und konnte nicht stillsitzen, weshalb ihr Stuhl gefährlich wackelte. Rapunzels Tochter Tania, die hinter ihr saß, legte ihr eine Hand auf die Schulter und flüsterte: »Lizzy, nun beruhig dich endlich, sonst stirbst du noch an einem Herzinfarkt, bevor sie uns verkündet haben, wohin es für uns geht.«

Sie versuchte, ruhig durchzuatmen, was aber gar nicht so einfach war. Auf diesen Moment wartete sie schließlich seit achtzehn Jahren.

Die ganze Nacht hatte sie wach gelegen und sich vorgestellt, was Mrs. Happy und Mr. Everafter ihnen heute wohl verkündeten. Sie alle standen kurz vor ihrem Abschluss an der Crown School, dem Internat in Fairyland, an dem die Töchter der Prinzen und Könige auf das Leben als Prinzessinnen vorbereitet wurden. Es gab noch ein zweites Internat, auf das die jungen Prinzen gingen, das lag jedoch außer Reichweite, damit die Schönen nicht vom Lernen abgelenkt wurden.

Heute nun, nach zehnjähriger Ausbildung, sollten sie endlich erfahren, wohin es für sie nach der Crown ging. Es war nämlich so, dass sie alle für sechs Monate in die Reale Welt gehen und ein wenig reale Luft schnuppern durften, damit sie nicht das Gefühl hatten, etwas versäumt zu haben. Dabei sollten sie zudem gleich ein wenig Magie verstreuen, ihre allerletzte Aufgabe, bevor sie sich die Krone aufsetzen würden.

So hatten sich das die Könige der hundert Königreiche in Fairyland gedacht – leider sah die Realität ein bisschen anders aus.

Lizzy war Schülerin des fünften Jahrgangs an der Crown, und es hatte sich bereits mehr als nur eine Prinzessin dazu entschieden, in der Realen Welt zu bleiben. Keine ihrer eigenen drei Schwestern zwar, aber doch Heathers ältere Schwester Olivia, was Belle und Prinz Adam völlig in Aufruhr gebracht hatte. Julias Schwester aus dem letzten Jahrgang hatte sich ebenfalls in der Realen Welt verliebt und war dort geblieben. Sie lebte jetzt ein wunderbares Leben in Venedig, wo sie auf ihr Magical hingeschickt worden war. Schneewittchen hatte ein Jahr lang ununterbrochen geweint, weil sie nicht fassen konnte, dass ihre Tochter Fairyland den Rücken zukehren wollte.

Venedig, wie wunderbar. Dort würde Lizzy auch gerne hingeschickt werden. Da könnte sie mit einem hübschen Italiener in einer Gondel durch die Kanäle fahren. Oder Verona, ja, darüber wäre sie auch entzückt. Sie hatte Romeo und Julia bereits fünfmal gelesen und konnte überhaupt nicht verstehen, warum alle immer sagten, dass die Reale Welt nicht so schöne Liebesgeschichten bereithielt wie die Märchenwelt. Sie hatte nie etwas Romantischeres gehört als die Geschichte von Romeo und Julia, die füreinander in den Tod gingen.

Paris würde Lizzy aber auch gefallen, oder London. In London war ihre zweitälteste Schwester Cassy gewesen. Die anderen Schwestern waren nach Tokio und Moskau geschickt worden, was Lizzy beides nicht so reizte; aber egal, wohin es auch ging, alles war besser als Fairyland.

Lizzy blickte aus dem hohen Fenster auf die Hügel hinunter, während sie mit einer blonden Haarsträhne spielte. In der Ferne konnte man Burgen und Schlösser sehen, ein diamantblauer Vogel flog über einen Baum mit roten Äpfeln hinweg, vor dem ein Einhorn graste. Er schwebte über Felder von wilden Blumen, steuerte dann auf das Fenster der Burg zu, in der sich im zweiten Geschoss ihr Klassenzimmer befand, ließ sich auf dem Sims nieder und trällerte ein Lied.

Seit achtzehn Jahren lebte Lizzy hier in Fairyland, war höchstens mal in eines der Nachbar-Königreiche verreist, von denen sich ja doch keines von den anderen unterschied. Sie wollte endlich mehr sehen, wollte wissen, was da noch war. Sie wollte Abenteuer erleben, neue Menschen kennenlernen, neue Orte erkunden. Sie wollte endlich frei sein von allen Anstandsregeln. Wie schön das Leben in der Realen Welt doch sein musste.

Kapitel 2

Mr. Everafter betrat nun endlich auch den Klassenraum und gesellte sich zu Mrs. Happy, die schon ganz aufgeregt vor der Tafel stand. Sie sah den älteren Lehrer mit schneeweißem, gekringeltem Schnurrbart an, und als der nickte, schwang sie den Zauberstab und schrieb ein Wort an die Tafel: Amerika.

Amerika? Wie, und das sollte es gewesen sein?

Sie waren dreißig Schülerinnen, es sollten eigentlich mehr Länder als nur eines an der Tafel stehen. Lizzy verstand absolut überhaupt nichts.

Verwirrt sah sie zu Rosaly, die Tochter von Dornröschen und Prinz Philipp rüber. Ihre beste Freundin sah aber genauso ahnungslos aus und zuckte nur die Schultern.

»Ihr fragt euch nun sicher, warum nur ein einziges Land an der Tafel steht«, sagte Mr. Everafter.

Oh ja, das fragten sie sich alle, und sie waren mehr als gespannt auf die Antwort.

»Wir haben ausdrückliche Anweisungen vom Hohen Rat bekommen, dass wir euch alle nach Amerika schicken sollen«, klärte Mrs. Happy sie auf, fröhlich wie immer. Ihre Pausbacken wurden immer röter, während sie weitersprach: »Ihr seid sicher sehr überrascht, das verstehe ich gut.«

»Warum denn nur Amerika?«, fragte Tania von hinten.

Kayla, Jasmins Tochter, verschränkte die Arme vor der Brust. »Und wozu sollten wir dann all die vielen Sprachen lernen?«

Sie hatte nicht ganz Unrecht. Jede von ihnen hatte sich in den letzten Jahren fünf Sprachen aneignen müssen, und das betraf nur die Hauptfächer, in den Extrakursen konnte man weitere Fremdsprachen belegen.

»Sch…, sch…, sch…«, machte Mrs. Happy. »Immer mit der Ruhe, ich beantworte euch eure Fragen ja. Wisst ihr, es hat einen guten Grund, dass ihr in diesem Jahrgang alle nach Amerika geschickt werdet. Das Märchen-Barometer ist dort so niedrig gesunken wie noch nie. Die Amerikaner glauben nicht mehr an Märchen, sie wollen keine Romantik mehr. Bald jeder zweite besitzt eine Waffe, man versucht, mit Gewalt zu bekämpfen, was wir mit Liebe bezwingen. Ihr sollt euch auf den Weg machen und dort ein wenig Magie verbreiten. Zeigt den Menschen, dass Liebe die mächtigste aller Waffen ist.«

»Sie wollen uns sagen, dass nicht einmal die amerikanischen Kinder mehr an Märchen glauben?«, fragte Lizzy besorgt.

Mr. Everafter schüttelte betrübt den Kopf.

»Ihre Helden haben keine Zauberstäbe mehr, ihre Helden haben Laserschwerte und Maschinenpistolen. Sie spielen nicht mehr mit Puppen, sie spielen sogenannte Videospiele, in denen sie andere Menschen mit Automobilen überfahren oder erschießen.«

»Wie kann ihnen das denn Spaß machen?«, fragte Kayla, die sich immer sehr für die Gerechtigkeit einsetzte.

»Das ist eine sehr gute Frage, auf die ich leider keine Antwort habe. Der Märchenrat ist verzweifelt, ja, beinahe am Ende seiner Kräfte. Er versucht alles, aber ... ihr, meine Lieben, seid unsere letzte Hoffnung.«

»Ich wäre so gerne nach Paris gegangen«, schluchzte Heather.

»Ich verstehe das nicht«, sagte Tania. »Es gibt doch sicher noch andere Länder in der Realen Welt, die unsere Anwesenheit genauso nötig haben wie Amerika.«

»Jedes andere Land hat noch seine Märchen, alte Geschichten und Sagen, auf die man zurückgreift, die die Menschen ihren Kindern vor dem Schlafengehen erzählen. Amerika aber ist verloren, wenn wir ihm nicht helfen«, sagte Mrs. Happy und sah sogar dabei noch ziemlich happy aus. »Also, Mädchen, was sagt ihr? Stellen wir uns der großen Herausforderung?«

Sie alle stimmten zu, mehr oder weniger begeistert, einige nickten nur widerwillig und mit hängenden Schultern. Damit hatten sie nicht gerechnet. Lizzy hatte sich schon die exotischsten Orte ausgemalt, an die sie alle kommen würden, dieser Traum war soeben zerplatzt.

Amerika – was gab es schon in Amerika?

Nun ja, auch dort würde es Automobile und Flugzeuge geben, es würde Hamburger und Pizza geben, von denen sie schon so viel in Büchern gelesen hatte. Hier in Fairyland fuhren sie noch immer mit Kutschen und aßen elegant angerichtete 5-Gänge-Menüs. Auch mussten sie hier immer in ihren gewaltigen Prinzessinnenkleidern herumlaufen, sie freute sich schon darauf, sich endlich einmal wie ein gewöhnlicher Mensch anziehen zu dürfen. Hach, würde das ein Spaß sein.

»Wir haben Zettel mit verschiedenen Orten in diesen Hut gelegt«, verkündete Mr. Everafter. »Ihr dürft nun nacheinander einen ziehen. Der Name des Ortes auf dem Zettel wird euer Ziel für die halbjährige Reise in die Reale Welt, euer Magical, sein.«

Mrs. Happy schwang fröhlich ihren Zauberstab und machte einen Hüpfer, dass der Boden unter ihren Füßen bebte.

Lizzy rutschte nervös auf ihrem mit rotem Samt bezogenen Stuhl herum, als die ersten Mädchen in der vorderen Reihe ihren Zettel zogen. Sie saß gerne hinten, dort hatten die Lehrer einen nicht ganz so gut im Auge, heute jedoch bereute sie es, nicht weiter vorne zu sitzen. Dann hätte sie ihr Ziel schon in Händen.

»Chicago?«, sagte Janice, die Tochter vom Froschkönig, mehr als nur ein wenig enttäuscht.

»Was hast du?«, hörte sie Rosaly Arielles Tochter Wanda zuflüstern.

Wanda flüsterte »Miami« zurück.

Miami. Das hörte sich für Lizzy fantastisch an. Sonne, Palmen und wunderschöne, endlose Sandstrände. Natürlich wäre ihre Mutter davon weniger begeistert, denn für ihre helle Haut war die Sonne gar nicht gut. Sie konnte sich allerdings gut vorstellen, dass Arielle ziemlich glücklich sein würde über einen Ort am Meer, an dem ihre Tochter in die Reale Welt reinschnuppern konnte.

Lizzy wurde immer zappeliger. Es kam ihr so vor, als würde Mr. Everafter extra langsam von Pult zu Pult gehen, damit sie sich länger und länger gedulden musste.

Nun war endlich Rosaly an der Reihe. Sie hoffte so für sie, dass sie einen tollen Ort zog. Bei dem Gedanken daran, dass sie sich sechs Monate lang nicht sehen würden, wurde Lizzy ganz übel.

Sie waren die besten Freundinnen, solange sie denken konnte, und waren kaum einen Tag getrennt gewesen. Sogar die Ferien, in denen sie alle nach Hause fuhren, hatten sie oft zusammen verbracht. Manchmal war sie mit zu Rosalys Eltern gereist und manchmal war Rosaly mit zu ihr gekommen. Für jeden Ball machten sie einander zurecht. Für jede Prüfung lernten sie zusammen. Bei jedem Essen saßen sie nebeneinander. Sie hatten sogar beim Hohen Rat einen Antrag gestellt, in dem sie darum baten, ihr Magical am selben Ort abhalten zu dürfen, doch natürlich wurde dieser sogleich abgelehnt.

Rosaly hielt nun ihren auseinandergefalteten Zettel in die Höhe. Lizzy musste ihre Augen zusammenkneifen, um die Schrift lesen zu können. Dann wurde das Wort langsam deutlicher: New Orleans.

New Orleans? Da machten sie doch diese wunderbare Jazzmusik. Sie hatten einmal im Unterricht welche gehört. Sie war eine willkommene Abwechslung gewesen zu den immer gleichen klassischen Märchenklängen. Rosaly würde sicher eine Menge Spaß haben.

Nun stand Mr. Everafter endlich auch vor ihrem pompösen, goldverzierten Tisch. Mit zitternder Hand zog Lizzy einen der letzten Zettel. Vorsichtig entfaltete sie ihn. So gespannt sie auch war, hatte sie plötzlich auch ein wenig Angst. Wo würde ihre Reise sie hinführen?

Sie schloss die Augen und atmete ein paarmal ganz tief durch. Dann öffnete sie sie wieder und las: New York.

Sie starrte auf das Stück Papier mit den goldenen Lettern. New York? Konnte das wirklich wahr sein? Sie war außer sich vor Freude. Schnell hielt sie Rosaly auch ihren Zettel entgegen.

»Juhu!«, formte diese mit den Lippen.

New York City. Lizzy konnte es kaum glauben.

Kapitel 3

Es klopfte an Lizzys Tür.

»Herein!«, rief sie.

Im nächsten Moment steckte Rosaly ihren Kopf ins Zimmer. Die beiden liefen aufeinander zu und fielen sich in die Arme.

»Ich gehe nach New Orleans!«, sagte Rosaly.

»Und ich nach New York City! Kann es wirklich wahr sein?«

Fassungslos sahen die beiden einander an, dann setzten sie sich auf Lizzys Himmelbett, auf dem eine wunderschöne hellblaue Überdecke lag, die ihre Mutter ihr mitgegeben hatte. Auf welch einer Art von Bett sie in New York würde schlafen müssen, wusste sie nicht. So schick wie ihr eigenes Bett würde es sicher nicht sein, aber sie war gewillt, alles zu akzeptieren, was kam, solange es nicht von Ungeziefer bewohnt wurde oder eine Erbse drunter steckte.

»Jetzt ist es wirklich bald soweit«, sagte Rosaly. »Kannst du es glauben?«

»Nein, noch nicht so richtig. Wir haben nur noch zwei Abschlussprüfungen vor uns und dann geht es auf in die große, weite Welt.«

»In die echte Welt! Denkst du, sie wird sich sehr von der unseren unterscheiden?« Rosaly sah ein wenig ängstlich aus.

»Ganz sicher sogar. Das ist es ja, was den besonderen Reiz für mich ausmacht. Ich kann es kaum erwarten, endlich auf mich gestellt zu sein, endlich einmal nicht beobachtet zu werden, bei allem, was ich tue. Manchmal nervt es mich doch sehr, eine Prinzessin zu sein.«

»Ja, ich verstehe gut, was du meinst. Trotzdem liebe ich dieses Leben hier, mit seinen Bällen, den hübschen Kleidern und den Dienstboten. Dort draußen werden wir alles selbst tun müssen, was sie hier für uns übernehmen.«

»Ja, das ist ja das Wundervolle daran.«

Besorgt sah Rosaly sie an. »Lizzy, du wirst doch aber nicht auf dumme Gedanken kommen, oder?«

»Was meinst du denn damit?« Sie wusste genau, was ihre Freundin meinte, tat aber unschuldig.

»Du wirst doch nicht daran denken, dort zu bleiben, oder? In der Realen Welt?«

Der Gedanke war ihr bereits mehr als einmal gekommen. Zuerst jedoch wollte sie sich einmal ansehen, wie es in der Realen Welt überhaupt war. Ob es wirklich so war, wie es in Büchern geschildert wurde, ob es so war, wie ihre Schwestern es berichtet hatten.

»Keine Sorge, Rosaly.«

»Was würde ich denn nur ohne dich tun, Lizzy?«

Sie umarmte ihre Freundin. »Nun komm, lass uns lernen. Wir haben in weniger als vierundzwanzig Stunden unsere wichtigste Prüfung vor uns.«

Rosaly nickte und holte das dicke Stammbaum-Buch hervor, das immer bei ihr unterm Bett lag. So sehr Mrs. Wonderful, die gute Fee der Crown, Lizzy auch zur Ordnung aufrief, sie war und blieb einfach eine kleine Chaotin.

Sie streifte sich nun ihre gläsernen Schuhe ab und machte es sich im Schneidersitz auf dem Bett bequem, während Rosaly sie die Namen der Könige und ihrer Ahnen abfragte. Keine von beiden hatte viel für Ahnenkunde übrig, es war ja auch wirklich langweilig, Hunderte von Namen auswendig zu lernen. Wer hatte wann welches Königreich regiert, welcher König war mit welcher Königin verheiratet gewesen, welcher Prinz hatte welche Nichtadelige geheiratet, wie viele Nachkommen hatte König soundso hinterlassen?

Als sie zum Buchstaben C kamen, musste Lizzy jedoch lächeln. Im Buch war ein entzückendes Bild ihrer Eltern – Cinderella und Prince Charming – abgebildet. Die beiden waren noch immer so glücklich und verliebt wie auf diesem Bild, das sicher vor mehr als zwanzig Jahren entstanden war. Bei Aurora und Prinz Philipp, Rosalys Eltern, sah es nicht anders aus. Bei den Paaren in Fairyland war es einfach so. Sie lebten glücklich bis ans Ende ihrer Tage. Und wenn sie nicht gestorben sind …

Lizzy hatte viel gehört von der Realen Welt. Dort gab es etwas namens Scheidung. Paare stritten sich, Paare trennten sich, die Geschiedenen heirateten erneut, trennten sich erneut und heirateten wieder. Für jemanden, der inmitten von romantischen Märchen aufgewachsen war, war so etwas unvorstellbar.

»Lizzy, hörst du mir überhaupt zu? Mit wem war Prinz Konstantin von Großfundland verheiratet?«

Sie schüttelte ihren Kopf, um sich ins Hier und Jetzt zurückzuholen. »Königin Henrietta?«

»Königin Sofia.«

»Ach herrje.«

»Oh weh, ich sehe schon, wir werden die halbe Nacht lernen müssen.«

»Es tut mir leid, liebste Freundin. Ich kann mich kaum noch konzentrieren, so aufgeregt bin ich wegen New York.«

»Dir ist aber bewusst, dass das mit New York nichts wird, wenn du diese Prüfung nicht bestehst und deinen Abschluss nicht machst?«

Diejenigen unter ihnen, die nicht bestanden, mussten die sechs Monate über nämlich einen Extra-Kurs in dem Fach belegen, das sie nicht gemeistert hatten. Die Aussicht darauf weckte Lizzy auf und ließ sie härter büffeln denn je. Um nichts auf der Welt würde sie auf New York verzichten. Nie und nimmer.

Kapitel 4

Vier Wochen später standen die Prinzessinnen, alle in ihren schönsten Kleidern, auf der Bühne des Festsaals, während die Eltern, die angereist waren, dabei zusahen, wie ihnen die Krone verliehen wurde.

Sie hatten es geschafft, sie waren nun richtige, ausgebildete Prinzessinnen, mit allem Drum und Dran. Heute Abend würden sie mit ihren Eltern zurück in ihre Königreiche fahren, wo sie noch ein letztes Wochenende mit der Familie verbringen konnten, bevor sie ihre Reise in die Reale Welt antraten.

Lizzy sah Tränen in den Augen ihrer Mutter und auch ihr Vater schien sehr gerührt. Nach der Ehrung fiel sie den beiden in die Arme.

»Wir sind so stolz auf dich«, sagte Prince Charming.

»Danke, Vater.« Lizzy strahlte ihn an.

»Meine kleine Lizzy wird also ins große, laute New York ziehen«, sagte er und sah sie wehmütig an.

Natürlich hatte sie gleich ein Telegramm abgeschickt, als sie ihr Reiseziel erfahren hatte.

»Ja, Vater, ich freu mich so.«

Prince Charming nickte. Sie wusste, er hatte ihr noch sehr viel zu sagen, doch das hier war weder der richtige Ort noch der richtige Zeitpunkt.

Nach der großen Abendgala verabschiedete sie sich von Rosaly und fuhr mit ihren Eltern zusammen nach Hause. Die Kutschfahrt war lang und sie erreichten das Schloss erst im Morgengrauen.

»Nun geh schlafen, mein Kind. Morgen müssen wir packen.«

»Schlaf gut, Mutter.« Sie gab ihr eine zärtliche Umarmung und einen kleinen Kuss auf die Wange.

Als sie die Treppen hoch in ihr Gemach ging, blickte sie sich noch einmal um und sah, wie traurig ihre Mutter dastand. Sie wusste, es war nicht leicht für sie. Abby, Cassy und Betty waren bereits ausgezogen und hatten geheiratet, und sie selbst war weit weg auf dem Internat. Nur in den Ferien war sie nach Hause gekommen, und nun würde sie sogar sechs ganze Monate fort sein. Lizzy erinnerte sich noch gut an Zeiten, in denen das Schloss voller Gelächter, Gesang und herumwirbelnder und -tanzender Kinder gewesen war. Heute war es still, schrecklich still und einsam.

Sie nahm sich vor, sich den morgigen Tag ganz ihrer Mutter zu widmen, und das tat sie auch. Sie gingen im Schlossgarten spazieren, schlenderten durchs Labyrinth und lasen einander Gedichte vor. Beim Nachmittagstee sagte Cinderella: »Ich hoffe so sehr, dass du viele schöne Erfahrungen sammelst, Lizzy.«

»Das wünsche ich mir auch, Mutter.«

»Sechs Monate sind so lang.« Sie senkte ihren Blick. Lizzy erkannte mit Schrecken, wie sehr das Haar ihrer Mutter ergraut war.

Sie legte eine Hand auf die von Cinderella und sagte: »Ach, Mutter. Du hast es bei meinen Schwestern auch durchgestanden. Sechs Monate gehen so schnell vorüber.«

»Ja, so ist es wohl.« Nun sah sie ihr direkt in die Augen. »Versprich mir nur, dass du immer gut auf dich aufpasst, ja?«

Lizzy nickte. »Natürlich, Mutter. Du kennst mich doch, du weißt, ich stelle nichts an.«

»Das weiß ich, ja. In der Realen Welt gibt es aber genügend Menschen, die ... die nicht gut sind, die Böses im Sinn haben. Ich möchte, dass du immer gut auf dich Acht gibst und dich niemandem anvertraust, bei dem du dir nicht hundertprozentig sicher bist, dass er dein Vertrauen auch verdient hat.«

»Ich verspreche es.«

Sie fragte sich, woher ihre Mutter von diesen Menschen wusste. Sie war niemals in der Realen Welt gewesen und hatte auch in der Schule nichts über sie gelernt; das hatten sie erst für die jetzige Generation eingeführt. Auch las Cinderella ausschließlich Literatur der Märchenwelt. Aber es sprach sich natürlich einiges herum und auch die drei älteren Schwestern hatten viel berichtet. Ihre Mutter machte sich wahrscheinlich einfach nur Sorgen, weil sie gar keine richtige Vorstellung davon hatte, wie die Reale Welt aussah.

»Und bitte, Lizzy ... bewahre deine Unschuld.« Sie flüsterte es hinter vorgehaltener Hand und sah sich schüchtern um.

»Mutter!«

Lizzy musste lachen. Was ihre Mutter da nur dachte. An so etwas hatte sie selbst nicht ein einziges Mal gedacht. Sie wollte sich für ihre Hochzeitsnacht aufsparen, das war selbstverständlich. Sie wollte doch einfach nur ein wenig Realität erleben, bevor sie zurück nach Fairyland kam, ihren eigenen Prinzen fand und sich mit ihm auf seinem wunderschönen Schloss niederließ. Etwas anderes war ihr nie in den Sinn gekommen.

Am Abend packte sie ihre Sachen, wobei ihr ihre Mutter half. Sie gab ihr eines ihrer blauen Haarbänder als Glücksbringer mit, außerdem eine wertvolle Kette, die sie im Notfall verkaufen konnte.

»Mutter, ich bekomme doch genug Geld vom Hohen Rat mit, um mir alles zu kaufen, was ich brauche. Richtiges Geld, es ist aus Papier, jeder bezahlt damit in Amerika.«

»Papier? Und was, wenn es dir in den Brunnen fällt oder wenn es fortweht?«

Da hatte Lizzy eigentlich keine großen Bedenken, sie glaubte nämlich nicht, dass es in New York City allzu viele Brunnen gab, trotzdem nahm sie, um ihre Mutter nicht zu verletzen, die Kette an.

Dann sprach sie noch mit ihrem Vater, der ihr nichts anderes sagte als auch schon ihre befangene Mutter. Als sie endlich in ihrem Bett lag, war Lizzy völlig ausgelaugt. Besorgte Eltern konnten so anstrengend sein. Warum machten sie sich nur so viele Gedanken? Ihr würde schon nichts passieren. Es würde schon alles gutgehen, da war sie sich ganz sicher.

Kapitel 5

Am Morgen beim Frühstück waren alle fürchterlich still. Es war kaum zu ertragen. Cinderella warf Lizzy besorgte Blicke zu, Prince Charming Cinderella mitleidige, Cinderella Prince Charming traurige und Lizzy ihren Eltern zuversichtliche.

So sehr Lizzy sie auch liebte, sie war doch froh, als die Kutsche bereitstand, die sie zurück zur Crown bringen würde. Sie drückte beide Eltern noch einmal ganz fest und fuhr, ihre beiden Koffer im Gepäck, ein letztes Mal durch ihr Königreich, bevor sie eine ganz neue Welt entdecken sollte.

Die ganze Fahrt über hatte sie die letzten Worte ihrer Mutter in Gedanken, die gelautet hatten: »Verliere niemals einen Schuh.«

Sie wusste, was sie damit gemeint hatte. Denn bei ihr war es so gewesen: Sie hatte einen ihrer gläsernen Schuhe verloren und eben auf diese Weise hatte sie ihre große Liebe gefunden. Cinderella war nun besorgt, dass ihr dasselbe in der Realen Welt passieren könnte.

Zurück im Internat legte sie sich erschöpft aufs Bett und hatte eine halbe Stunde, bis zum Abendessen geläutet wurde. Ihnen wurden ein letztes Mal fünf Gänge aufgetischt, und während Lizzy auf ihrer Hirschpastete herumkaute, flüsterte sie Rosaly zu: »Was glaubst du, wie Pizza schmecken wird?«

Rosaly kicherte. »Ich glaube, sie wird einfach himmlisch sein.«

»Das glaube ich auch.«

»Mädchen! Manieren, bitte!«, flötete Mrs. Wonderful, ihre gute Fee und Aufpasserin.

Nach dem Essen flanierten die beiden Freundinnen noch ein wenig durch den Garten. »Ich habe Angst, Lizzy«, gestand Rosaly. »Am liebsten würde ich gar nicht gehen.«

»Ach, was. Sei einfach du selbst und alles wird gut. Ganz bestimmt.«

»Wenn du es sagst, Lizzy. Ach, liebste Freundin, du wirst mir so fehlen.«

»Mir geht es genauso. Ich werde dich unheimlich vermissen. Sechs ganze Monate werden wir uns nicht sehen. Es ist aber auch gemein, dass wir nicht in dieselbe Stadt gehen dürfen.«

»Ja, gemein.« Rosaly stampfte mit dem Fuß auf.

»Versuchen wir einfach, das Beste draus zu machen. Versprühen wir ein wenig Magie.«

»Glaubst du, die Amerikaner sind wirklich so schlimm, wie sie uns erzählen? Ob sie wirklich den Glauben an die wahre Liebe verloren haben?«

»Ich weiß es nicht. Wir werden es aber sicher bald herausfinden.«

Sie hakte sich bei Rosaly ein und legte einen Kopf an ihre Schulter. Der Springbrunnen in Form eines Fisches spuckte eine Fontäne in die Luft, irgendwo sang eine Nachtigall ein Abendlied, die hübsch getrimmten Büsche und Bäume warfen gruselige Schatten auf die Wege, der Mond stand rund und hell am Himmelszelt inmitten von Millionen von Sternen.

»Ob wir in der Realen Welt wohl denselben Mond sehen werden wie hier?«, fragte Rosaly sehnsüchtig.

»Da bin ich mir ganz sicher. Pass auf, Rosaly, wenn du in New Orleans den Mond am Firmament siehst, dann denke an mich, und ich werde ebenfalls an dich denken, ja? So sind wir niemals wirklich voneinander getrennt.«

»Eine schöne Idee. Ich hab dich lieb, Lizzy.«

»Ich hab dich auch lieb, Rosaly.«

Die beiden Freundinnen hielten sich noch einmal ganz fest im Arm, bevor sie auf ihre Zimmer gingen und eine letzte Nacht in ihren Luxusbetten schliefen.

Kapitel 6

Die Sonne schien ins Burgfenster, die Vögel sangen ein fröhliches Lied, Lizzy erwachte mit einem Lächeln. Der Tag aller Tage war gekommen.

Als um Punkt halb acht Mrs. Wonderful in ihrem Zimmer stand und ihr das enge Korsett zuschnürte, hatte Lizzy allerdings eine Sorge: »Mrs. Wonderful, warum bekommen wir keine Kleider aus der Realen Welt? Wenn wir in dieser Aufmachung dort erscheinen, werden die Leute sich dann nicht sehr über uns wundern?«

Mrs. Wonderful lächelte und sagte: »Liebes, es ist Teil der Aufgabe, das Leben in der Realen Welt selbst zu meistern. Dazu gehört auch, euch eigene Kleidung zu beschaffen. Ihr werdet schon alle zurechtkommen, ihr wurdet doch gut darauf vorbereitet.«

Lizzy war sich da gerade gar nicht mehr so sicher. Ja, sie wurden zwar in dem Sinne vorbereitet, dass sie die verschiedensten Sprachen beherrschten, sich in Geographie und Geschichte der Realen Welt auskannten und dazu die romantische Literatur der Realen Welt studiert hatten, das bedeutete aber nicht, dass sie auch wirklich auf ein Leben in der Realen Welt vorbereitet waren.

Mrs. Wonderful schien ihre Bedenken zu erahnen. »Mach dir keine Sorgen, Liebes. Alles wird gut.« Ihr warmes Lächeln überzeugte Lizzy.

Als sie beim Frühstück neben Rosaly saß und ihren Haferbrei mit einem goldenen Löffel aß, sagte sie: »Diesen schrecklichen Haferschleim werde ich sechs Monate lang nicht essen – kein einziges Mal.«

»Er ist aber sehr gesund, Lizzy.«

»Ist mir egal. Ich werde nur das essen, was mir schmeckt und das tun, was mich glücklich macht.«

Sie wusste, Rosaly war da nicht ganz so mutig wie sie, sie wollte es immer allen recht machen und auch ja alle Regeln befolgen. Das könnte ein wenig kompliziert werden.

»Wir sehen uns in sechs Monaten, meine allerliebste Freundin«, sagte Rosaly später am Morgen, als sie dazu aufgefordert wurden, sich in Reih und Glied zu stellen.

Kurz zuvor hatten sie alle erfahren, dass es eine neue Regel gab: Sie durften ihre Koffer nicht mitnehmen, sondern wurden nur mit einem Beutel, der das Allernötigste beinhaltete, auf die Reise geschickt. Keine der Prinzessinnen war sehr erfreut über diese Neuigkeit.

»Pass gut auf dich auf, ja?«

»Das werde ich. Und pass du auf dich auf, Lizzy. Mach keine Dummheiten.«

»Ich doch nicht.« Sie zwinkerte ihr zu.

Noch einmal erinnerte Mr. Everafter die Prinzessinnen an die fünf goldenen Regeln, die sie alle ein letztes Mal laut wiederholen sollten.

»Kleide dich stets in fröhlichen Farben. Singe stets ein heiteres Lied. Spreche stets ein freundliches Wort. Lächle stets ein gütiges Lächeln. Erzähle stets ein romantisches Märchen.«

Dann legte Mrs. Happy der ersten Prinzessin, Heather, beide Hände auf die Schultern, wünschte ihr viel Glück und reichte ihr einen kleinen samtenen Stoffbeutel. Heather winkte ihnen allen noch einmal zu und ging dann durch das Portal. Schon war sie nicht mehr zu sehen.

Sie hatten natürlich schon viel vom Portal gehört. Es nun jedoch zu sehen, das ovale, wirbelnde, rosa leuchtende Loch zu einer anderen Welt, war wirklich mehr als aufregend.

Als Rosaly kurz vor ihr hindurchging, hatte Lizzy einen Knoten im Hals. Während Mrs. Happys Hände endlich auf ihren eigenen Schultern lagen, glaubte sie kurz, in Ohnmacht fallen zu müssen. Dann jedoch hatte sie auch schon ihren eigenen Beutel in Händen und trat vor das Portal. Sie tat einen Schritt und ließ es geschehen.

NEW YORK CITY

Kapitel 7

Lizzy fand sich wieder in der Realen Welt. Sie stand mitten in einem Park, einem wirklich großen Park. Das sollte New York sein? War ihnen ein Versehen passiert? Wenn sie sich nicht ganz falsch erinnerte, hatte sie doch von gewaltigen, hohen Häusern gelesen, die bis zum Himmelszelt reichten.

Sie war verwirrt, sah sich um, und war immer verwirrter.

Sie beschloss, sich an einen Menschen zu wenden. Ein wenig ängstlich fragte sie den nächsten, der auf sie zukam: »Entschuldigen Sie, gütiger Herr, wo befinden wir uns hier?«

Der kleine Mann mit der komischen Kappe auf dem Kopf, auf der *Yankees* stand, sah sie verblüfft an. »Hä?«

»Welch Ort ist dies? Ich fürchte nämlich, ich habe mich verirrt.«

»Das ist der Central Park«, sagte der Mann und lachte. »Du willst mich doch wohl veräppeln, oder?«

»Wie bitte? Es tut mir leid, ich habe leider keine Äpfel. Wenn Sie wünschen, kann ich Sie mit Papiergeld für Ihre Informationen bezahlen.«

Der Mann sah sie an und kratzte sich die Stirn. »Oookay.«

Sie lächelte, öffnete den Beutel und sah zum ersten Mal hinein. Darin waren neben der Kette und dem blauen Haarband ihrer Mutter ein Bündel Papiergeld, ein Ding namens Ausweis, zu dem Mr. Everafter ihnen einiges erklärt hatte, ein paar Zertifikate und ein Stadtplan. Sie hatte im Unterricht gelernt, wie man ihn benutzte. Nun löste sie einen Geldschein vom Bündel, auf dem die Zahl 100 abgebildet war, und reichte ihn dem Mann.

Der schüttelte den Kopf und lachte. »Na, vielen Dank. Und? Was genau willst du nun wissen?«

Sie wunderte sich sehr über diesen Menschen. Hatte sie das denn nicht bereits zweimal geäußert?

»Nun«, sagte sie erneut. »Ich würde gerne wissen, an welchem Ort wir uns hier befinden.«

»Central Park East. Gleich da hinten ist das Met.«

»Das was, bitte?«

»Das Metropolitan Museum of Art.«

»Oh. Und in welcher Stadt befinde ich mich?«

»Bist du high, oder was? In New York natürlich.«

Dann stimmte es tatsächlich. Sie war am richtigen Ort gelandet. Hm. Sie hatte sich dieses New York irgendwie anders vorgestellt. Dann fiel ihr etwas auf.

»High?«, wiederholte sie das Wort des Mannes. Was meinte er damit?

»Na, du hast wohl ein bisschen zu viel vom weißen Pulver geschnupft auf deinem Kostümball, oder wie?«

»Weißes Pulver? Meinen Sie Feenstaub?«

»Wie auch immer du es nennen willst. Ich muss jetzt weiter. Du solltest dir lieber ein Taxi rufen, sonst überfällt dich noch jemand und nimmt dir deinen Beutel ab. Kannst froh sein, dass ich so ein anständiger Kerl bin.«

Sie drückte ihren Beutel an sich. Plötzlich war ihr die Situation überhaupt nicht mehr geheuer. Der Mann ging davon und sie sah ihm nach. Dann sah sie sich nach einem Taxi um, sah aber keines. Sie wusste natürlich, was ein Taxi war, denn sie hatte in Vorbereitung auf New York *Frühstück bei Tiffany* gelesen, und da war Holly Golightly auch stets mit einem Taxi gefahren. Es musste ein gelbes Automobil sein, das auch ohne Pferde fahren konnte; hier jedoch war weit und breit keines dieser zauberhaften Dinger zu sehen.

Doch da! Was war das? Etwas Wohlbekanntes war in der Ferne zu erkennen: eine Kutsche. Erst glaubte Lizzy zu träumen, doch dann kam sie immer näher und sie winkte ihr zu, winkte und winkte, bis die Kutsche auf sie zu steuerte. Fünf Meter vor ihr kam sie zum Halt, der Kutscher grinste sie an. Er war groß und gut gebaut, sehr ansehnlich mit seinem braunen, kurzen Haar und dem eleganten Frack. Er mochte Anfang zwanzig sein. Natürlich verschwendete sie keinen weiteren Gedanken an ihn, er war schließlich nur ein Kutscher.

»Willst du mitfahren?«

»Ja, bitte. Ich habe auch genügend Papiergeld dabei«, gab sie zur Antwort.

Der Kutscher lachte und sagte: »Dann steig auf.«

Verblüfft sah sie den Burschen an und stemmte die Hände in die Hüften. Das konnte doch nicht sein Ernst sein!

»Willst du mir denn nicht behilflich sein, Kutscher?«

»Oh. Ach so, okay.« Er sprang hinunter und hielt ihr mit einer übertriebenen Geste eine Hand entgegen. »Tolles Kleid«, sagte er.

Sie sah an sich herunter. Ja, dieses Kleid hatte sie schon immer gern gemocht, es war weiß, natürlich bodenlang und mit unendlich viel Tüll. Sie hatte es sich extra für diesen besonderen Anlass angezogen.

Als sie den Kutscher allerdings wieder ansah, erkannte sie, dass er sich über sie lustig machte.

Verärgert nahm sie seine Hand und stieg auf die offene Kutsche. Während der Kutscher wieder vorne auf seinem Sitz Platz nahm, versuchte Lizzy, es sich bequem zu machen. Dies gelang ihr allerdings nicht, da diese Kutsche nicht annähernd so bequem war wie jene zu Hause.

»Wo soll´s denn hingehen?«, hörte sie den Kutscher fragen. Sie war aber keinesfalls willens, ihm zu antworten, solange er in solch einem saloppen Ton mit ihr sprach. Sie war immerhin eine Prinzessin, sah er das denn nicht?

»Hallo! Wo willst du hin?«

»Sag, was fällt dir ein, dich mir gegenüber so rüpelhaft zu verhalten?«

Der junge Mann drehte sich nun auf seinem Sitz um und grinste sie wieder an. »Okay, okay. Wenn du dieses Spiel unbedingt spielen willst. Milady, wo darf ich Euch hin geleiten?«

Das war schon besser. »Fahr mich bitte nach ...« Hm, ihr fiel ein, dass sie nicht einmal wusste, wo sie hinsollte. »Nach irgendeiner Unterkunft in Manhattan, bitte.«

»Wir sind doch schon in Manhattan.«

»Na, dann hast du es ja nicht weit.«

»Und was meinst du mit Unterkunft? Entschuldigt bitte, Milady, was meint Ihr mit Unterkunft? Ein Hotel? Ein bestimmtes?«

»Suche bitte eins für mich aus.«

»Oh Mann, womit habe ich nur immer diese Freaks verdient?«, fragte der Kutscher.

»Wie bitte?«

»Gar nichts. Ich fahre dann jetzt los und bringe dich in eine Jugendherberge, okay?«

»Worum handelt es sich dabei?«

»Na, eine Jugendherberge. Kennst du keine Jugendherberge? Da gibt es Räume mit mehreren Betten und Gemeinschaftsbäder, ist ziemlich preiswert.«

»Ach du lieber Himmel, ich soll mir ein Zimmer mit anderen Menschen teilen? Mit fremden Menschen?« Sie bedauerte es sehr, keinen Fächer dabeizuhaben, denn dann hätte sie sich jetzt Luft zuwedeln können.

»Ja, na klar. Was ist denn so schlimm daran?«

»Ich habe bisher immer mein eigenes Schlafgemach gehabt.«

»Na gut, dann fahre ich dich halt in Richtung Holiday Inn, da hast du dein eigenes Zimmer und das ist auch nicht allzu teuer. Ist das besser?«

»Sehr viel besser.«

Sie fuhren los, die Wege des Central Parks entlang. Er war wirklich riesig, man könnte fast meinen, man führe durch die Felder Fairylands.

Der Kutscher räusperte sich. »Entschuldigung, ich hab mich gar nicht vorgestellt. Hab wohl heute meine Manieren vergessen. Ich bin Peter.«

»Ich bin erfreut, Peter. Mein Name ist Lizzy Charming.«

»Lizzy Charming? Cooler Name. Ist das ein Künstlername? Du scheinst ja Schauspielerin zu sein oder so was in der Art, so, wie du daherkommst.«

»Ich bin keinesfalls Schauspielerin, und es ist keinesfalls ein Künstlername. Genau so heiße ich.«

»Cool.«

Cool. Hm. Das schien ein Wort des täglichen Gebrauchs zu sein, es war anscheinend ein Ausdruck der Begeisterung. Sie würde es sich merken müssen. Mrs. Happy hatte ihnen gesagt, sie sollten sich die Sprache und das Verhalten ihres jeweiligen Magical-Ortes aneignen ... oje, das hatte sie bisher aber nicht sehr gut gemeistert. Sie wollte versuchen, sich anzupassen, schnellstens. Zuerst einmal musste sie anfangen, diese formlose Sprache zu übernehmen, die die Leute auch bei ihr anwandten.

»Wenn du keine Schauspielerin bist, was bist du dann?«, wollte Peter jetzt wissen.

Noch so eine Sache, die Mrs. Happy ihnen immer und immer wieder gesagt hatte: Offenbart den Menschen auf gar keinen Fall, dass ihr eine Prinzessin seid.

»Ich ... ich bin auf der Suche nach Arbeit. Ich habe gerade erst die Schule beendet.«

»Du hast also weder Unterkunft noch Job? Bist mit leeren Händen nach New York gekommen? Seit wann bist du eigentlich hier?«

»Ich weiß nicht genau. Wie spät haben wir es?«

»Halb elf.«

»Vielleicht seit einer halben Stunde?«

»Echt? Du bist vor einer halben Stunde in Manhattan angekommen? Am Bahnhof? Oder bist du mit dem Taxi vom Flughafen gekommen?«

Dieser Bursche war aber neugierig.

»Ich bin geflogen – oder so etwas in der Art.«

»Du bist also ganz neu hier, ja?«

»Ganz genau.«

»Na, dann will ich dir mal eine kleine Führung geben«, sagte Peter und lächelte sie fröhlich an.

Kapitel 8

Sie fuhren einmal quer durch den Central Park, entlang an einem See, an einem Erdbeerfeld, auf dem gar keine Erdbeeren wuchsen, vorbei an einem Gebäude, an dem anscheinend irgendwer erschossen worden war, und an einer Schulklasse entlang, deren Mädchen ihr Kleid bewunderten. Dann kamen sie an einem Gebäude namens Plaza Hotel entlang und die Kutsche kam zum Stehen.

»Wieso halten wir?«, fragte Lizzy.

»Weil ich leider den Central Park nicht verlassen kann mit der Kutsche.«

»Warum nicht?«

»Na, weil es verboten ist. Wie soll das arme Pferd sich denn inmitten der Autos zurechtfinden?«

»Oh«, machte sie und sah sich um. Dies waren also Autos. »Na gut, dann werde ich mich zu Fuß auf den Weg machen.«

Sie ließ sich von der Kutsche helfen.

»Wieso nimmst du nicht ein Taxi? Es sind immerhin zwölf Blocks bis zum Times Square, und deine Schuhe sind aus Glas, wie es aussieht.«

»Das macht mir nichts, ich mache gerne einen kleinen Spaziergang«, sagte sie und reichte Peter die zwanzig Dollar, die er verlangte. Sie wagte sich noch nicht, in eines dieser magischen Fahrzeuge zu steigen.

Doch Peter schien sie überhaupt nicht zu hören. Er pfiff und winkte eines der gelben Dinger herbei und sagte dem Taxikutscher, wo er sie hinbringen sollte. Lizzy bedankte sich beim Pferd für die nette Fahrt und schaffte es mit ihrem gewaltigen Kleid mit Mühe und Not in das enge Taxi.

»Viel Spaß noch in New York«, wünschte Peter und schlug mit einem Lächeln die Tür zu.

Ihr blieb überhaupt keine Zeit, sich zu bedanken oder Peter zu fragen, ob sie sich wiedersehen würden.

Oh, sie wunderte sich, warum sie überhaupt auf solch einen Gedanken kam. Es war wahrscheinlich wie bei einem Küken, das aus seinem Ei schlüpfte, es fühlte sich zu der Person hingezogen, die es als Erstes sah. Sie jedoch hatte in dieser neuen Welt gar nicht zuerst Peter entdeckt, sondern den Mann mit der Yankees-Kappe. Hm. Das war alles sehr sonderbar.

Sie beschloss, sich keine Gedanken mehr darüber zu machen und genoss die Fahrt. Beim Hinausschauen aus dem Fenster sah sie einige wundersame Dinge: Frauen in Kleidern, die so kurz waren, dass man beinahe ihre Hinterteile sehen konnte, zwei Heranwachsende auf Schuhen, die rollten. Sie sah Straßenhändler, die allerlei Schnickschnack verkauften und riesengroße Plakate, die Nahrung, Menschen oder merkwürdige Dinge anpriesen, die sie noch nie zuvor gesehen hatte. Und all die hohen Häuser erst! Nie zuvor hatte sie solch hohe Gebäude gesehen, sie waren noch viel höher als das größte Schloss in Fairyland.

Als der Taxikutscher anhielt und ihr sagte, das mache acht Dollar siebzig, gab sie ihm einen Zehndollarschein und stieg aus. Draußen staunte sie. Ehrfürchtig sah sie an dem Gebäude hoch, auf dem Holiday Inn stand und das bis zum Himmel reichte. Dort sollte sie wohnen?

Da sie nicht annahm, dass Peter es ihr empfohlen hätte, wäre es nicht angemessen gewesen, suchte sie den Eingang und betrat es. Eine freundlich lächelnde Dame hinter einem Empfangstresen hieß sie willkommen und fragte sie, wie viele Nächte sie bleiben wolle.

»Sechs Monate.«

Die junge Frau mit dem kurzen Haar, das sie wie einen Burschen aussehen ließ, sah sie merkwürdig an. »Wie bitte?«

Da sie wohl etwas Falsches gesagt hatte, verbesserte Lizzy sich rasch. »Sechs Nächte.«

»Ist Ihnen ein King-size-Bett recht?«

Sie nickte. King-size hörte sich wunderbar komfortabel an.

Die Frau nickte und fragte sie nach ihrem Ausweis und ihrer Kreditkarte. Sie reichte ihr das Ding namens Ausweis.

»Wir benötigen dann auch noch eine gültige Kreditkarte, Miss«, widerholte die Frau.

»Es tut mir leid, aber so etwas besitze ich nicht.«

Erneut erntete sie ein Stirnrunzeln.

»Miss, wie gedenken Sie zu zahlen?«

Lizzy lächelte, öffnete ihren Beutel und brachte ihr Bündel Scheine hervor. »Ich habe Papiergeld.«

Nun erntete sie ein Kopfschütteln. »Alles klar. Dann bekomme ich bitte 2.180 Dollar und 47 Cent für die sechs Nächte plus eine Kaution von ... Abreise ... zurückerstattet bekommen.«

Lizzy hörte kaum noch, was die Frau sagte. Sie war verwirrt. 2.180 Dollar für sechs Nächte? Sie kannte sich mit dem Geld noch nicht so richtig aus, das schien ihr jedoch etwas viel. Aber sie irrte sich wahrscheinlich. Peter hatte ihr gesagt, das Holiday Inn sei nicht allzu teuer.

»Haben Sie kein Gepäck dabei?«, fragte die Frau mit dem Burschenhaarschnitt sie nun und blickte sich um.

Lizzy hielt ihren Beutel in die Höhe.

»Aha. Dann haben Sie hier Ihre Keycard. Ihr Zimmer ist in der achten Etage. Die Fahrstühle sind dort vorne.“

Sie lächelte, bedankte sich und ging auf das Ding namens Fahrstuhl zu, zu dem die Frau deutete. Dann tat sie es den anderen Leuten gleich und betrat ihn. Da alle irgendwelche Knöpfe mit Nummern drückten, legte sie ihren Finger auf die Acht.

Im Nu schlossen sich die Türen und das Ding bewegte sich.

»Hui, ist das ein Spaß!«, sagte sie. »Fahren wir wirklich hinauf?« Erfreut sah sie sich um.

Wie fantastisch, so musste man keine Treppen steigen, sie hatte sich kurz Sorgen gemacht, als die Frau am Empfang achter Stock gesagt hatte.

Der ältere Mann neben ihr warf ihr einen belustigten Blick zu. Als sie bei der Nummer Sechs hielten, stieg er aus. Dann setzte der Fahrstuhl sich wieder in Bewegung und zeigte als Nächstes die Acht an.

»Hier bin ich. Hier muss ich hinaus«, teilte sie den restlichen Fahrgästen mit und trat einen Schritt in den Gang. Sie fand ihr Zimmer zwar auf Anhieb, hatte aber Schwierigkeiten, die Tür aufzubekommen. Sie fand zwar nach einer Weile heraus, dass man die Karte in den Schlitz stecken musste, nur wollte sich auch dadurch die Tür nicht öffnen lassen. Glücklicherweise kam eine Bedienstete herbei und half ihr.

»Ich danke dir, gute Magd«, sagte sie freundlich und betrat das Zimmer.

Oh. Hm, wie ein königliches Gemach sah dies nun überhaupt nicht aus. Das Zimmer war weder in Größe noch im Stil königlich. Und das Bett erst! Obwohl die Matratze weich und bequem aussah, war dies ganz gewiss kein königliches Bett!

Sie setzte sich darauf und hüpfte ein bisschen auf und ab. Doch, es war wunderbar weich, es würde sich gewiss gut darauf schlafen lassen.

Nun musste sie zuerst einmal das Bad aufsuchen, für kleine Prinzessinnen gehen und ihr Haar richten. Dann entleerte sie ihren Beutel auf dem Bett. Oje, das Geld ging ihr jetzt schon aus. Das Bündel Scheine war auf weniger als die Hälfte geschrumpft, und sie hatte sich noch nicht einmal neu eingekleidet.

»Ach herrje, was mache ich, wenn es aufgebraucht ist?«, fragte sie sich und bedauerte sehr, dass Mrs. Happy oder Mr. Everafter ihnen nicht beigebracht hatte, mit diesem Papiergeld umzugehen. Aber auch das war wohl Teil des Plans, selbstständig zu werden. Sie sollte es selbst herausfinden, und das war noch längst nicht alles.

Kapitel 9

Nachdem sie ein kleines Nickerchen gemacht hatte, beschloss Lizzy, hinauszugehen und sich ins Getümmel zu stürzen. Sie brauchte dringend neue Kleider und Hunger verspürte sie auch.

Sie fuhr also mit dem Fahrstuhl nach unten und fragte am Empfang nach, wo man denn hübsche Kleider kaufen könne.

»Gehen Sie zwei Blocks Richtung Osten, dann kommen Sie direkt auf die Fifth Avenue. Dort gibt es eine große Auswahl an Boutiquen«, teilte man ihr mit.

»Ich danke Ihnen vielmals«, sagte sie mit einem freundlichen Lächeln und verließ das Gebäude.

Draußen war es laut. Die Autos hupten, irgendwo dröhnte ein Presslufthammer, alles Dinge, die Lizzy nicht kannte. Doch sie fürchtete sich nicht, ganz im Gegenteil. Voller Aufregung und Tatendrang mischte sie sich unter die Leute.

New York war wundervoll! So ganz anders als Fairyland. Sie musste an Rosaly denken und fragte sich, wie ihr New Orleans wohl gefiel und was sie wohl gerade machte.

Sie ging auf die Fifth Avenue zu und spazierte diese dann entlang. In einem Schaufenster des Geschäfts Saks entdeckte sie ein wunderschönes Kleid, also betrat sie es und fragte die Händlerin, die gleich auf sie zukam, ob sie es anprobieren dürfe.

»In welcher Größe darf ich es heraussuchen?«

»Ich weiß nicht. Zu Hause wird immer alles maßgefertigt für mich, nur die Schneiderin weiß meine Größe.«

»Dann hole ich Ihnen 34 und 36. Einen Moment.«

Das Kleid war ein Traum! Es war blau wie das Haarband ihrer Mutter und reichte gerade über die Knie. Außerdem hatte es niedliche kleine Träger und war schulterfrei. In Fairyland hätte man es, vor allem wegen der knappen Länge, als unpassend für eine Prinzessin befunden, hier jedoch sollte sie sich ja gerade anpassen und verhalten, als wäre sie ein ganz normaler Mensch.

Lizzy betrachtete sich im Spiegel und drehte sich vergnügt im Kreis. »Ich nehme es«, sagte sie strahlend.

»Gerne. Darf es sonst noch etwas sein? Wir habend gerade die neue Marc-Jacobs-Handtaschenkollektion reinbekommen.«

»Ich habe meinen Beutel, danke.« Dann aber fiel ihr ein, dass sie wohl noch ein zweites Kleid brauchte, schließlich konnte sie nicht jeden Tag dasselbe anziehen. Oder sollte sie …

»Ich würde gerne eine dieser Hosen anprobieren, die die Frauen hier tragen.«

»Entschuldigen Sie, welche Frauen meinen Sie bitte?«

»Na, die Frauen in New York.«

Die Händlerin lachte. »Tragen die Frauen da, wo Sie herkommen, etwa keine Hosen?«

»Du lieber Himmel, nein. Dort, wo ich herkomme, tragen wir *so etwas*.« Sie zeigte auf ihr Kleid.

»Kommen Sie direkt aus dem Märchenland, oder wie?« Die Frau lachte.

Ach, hätte sie ihr nur die Wahrheit sagen dürfen.

»Ich komme von weit, weit her«, sagte sie stattdessen und probierte im nächsten Moment Hosen an.

Mit drei neuen Outfits, wie die Händlerin es genannt hatte, einem Nachthemd und neuer Unterwäsche im Gepäck, ging sie zurück zum Hotel. Sie brachte ihre Einkaufstüten aufs Zimmer und ging gleich wieder hinaus, um sich ein Restaurant zu suchen, wo sie speisen konnte. Sie fand eines, das Pizza anpries. In ihrem neuen blauen Kleid wurde sie zu einem Tisch geleitet und bestellte einen Salat und eine Pizza mit allem.

Pizza hatte sie schon immer einmal essen wollen. Ja, sie hatte sogar davon geträumt. Und nun durfte sie feststellen, dass sie noch viel besser war als in ihren Träumen.

Als sie jedoch bezahlt hatte, musste sie mit Schrecken feststellen, dass ihr Geld alle war. Lediglich ein paar Münzen hatte sie noch übrig.

Oje. Was würde sie die nächsten Tage essen? Wo würde sie wohnen nach den sechs Tagen im Holiday Inn? Ach, darüber würde sie sich morgen Gedanken machen, jetzt brauchte sie erst einmal ein wenig Schlaf. Es war ein anstrengender Tag voller neuer Dinge und vieler neuer Erfahrungen gewesen. Sie hatte eine friedliche Nacht verdient.

Zuvor staunte sie aber noch über die vielen bunten Lichter, die den Times Square nun, da es Abend wurde, erhellten. Auf einer Uhr erkannte sie, dass es schon nach neun war. Oh weh, Mrs. Wonderful hätte jetzt sicher geschimpft. An der Crown hatten die Prinzessinnen stets um halb neun im Bett zu sein. Ein gesunder Schönheitsschlaf war eines der wichtigsten Dinge für eine Prinzessin.

Bevor sie sich nun ins Bett begab, setzte Lizzy sich jedoch noch kurz ans Fenster und sah hinauf zum Mond. Ob Rosaly zu diesem Zeitpunkt wohl dasselbe tat?

Kapitel 10

Am nächsten Morgen erwachte Lizzy vom lauten Straßenlärm und vermisste sogleich das Vogelgezwitscher, das sie sonst immer geweckt hatte. Sie streckte sich, stand auf und kleidete sich. Dann sammelte sie ihre Münzen zusammen und verließ das Hotel. Es würde sich schon alles fügen, da war sie sich sicher.

Lizzy ging in eine Bäckerei und sah sich die Preise an. Sie kaufte sich etwas namens Bagel, das nur zwei Dollar kostete. Es sah zwar sehr trocken aus, würde sie aber wenigstens sättigen.

Sie machte sich auf zum Central Park, weil sie hoffte, dort noch einmal auf Peter zu treffen. Außer ihn kannte sie in New York niemanden und sie hatte einige Fragen, vor allem wie sie nun an Geld kommen konnte. Vielleicht wusste er eine Arbeit für sie.

Sie ging die ganzen zwölf Blocks auf der Seventh Avenue entlang, bis sie auf den Park stieß. In ihm ging sie spazieren, fand Peter allerdings nicht. Endlich sah sie eine Kutsche und winkte ihr zu, musste aber entdecken, dass der Kutscher ein anderer war. Als sie ihn nach Peter fragte, zuckte er nur die Schultern.

»Und nun?«, fragte sie und setzte sich an den See. »Hallo, du kleine Süße«, sagte sie zu einer Taube, die auf der Lehne der Bank landete.

»Hallo«, antwortete die Taube.

»Wie geht es dir heute?« Sie lächelte ihr zu.

»Du kannst mit Tieren sprechen?«, fragte die Taube überrascht.

Lizzy nickte. »Ja. Ich habe diese Gabe von meiner Mutter geerbt. Als sie ein Kind war, waren ein paar Mäuse ihre einzigen Freunde.«

»Mäuse? Wie traurig.«

»Sie muss dir nicht leidtun, heute ist sie mit dem angesehensten König von allen verheiratet und regiert ein ganzes Königreich.«

»Das freut mich für sie. Dann bist du also eine Prinzessin?«

»Dir kann ich es wohl sagen: Ja, das bin ich. Du darfst es aber niemandem weitererzählen.«

»Ach, die Menschen verstehen mich ja doch nicht. Ich erlebe es heute zum ersten Mal.«

»Könntest du mir vielleicht weiterhelfen, liebe Taube?«

»Wenn ich kann, gerne.«

»Hast du einen Kutscher namens Peter gesehen?«

»Peter? Ich kenne ihn. Er teilt sein Brot oft mit uns Vögeln. Er ist ein Guter.«

Das freute Lizzy zu hören, dann hatte sie sich doch nicht in ihm getäuscht. »Hast du ihn heute schon gesehen?«

»Nein, leider nicht. Heute fährt dieser andere Kutscher umher, der schon mehr als einmal nach mir getreten hat, um mich zu verscheuchen.«

»So ein Rüpel! Man sollte ... man sollte ...« Ihr fiel nichts ein. Wenn Mrs. Wonderful hier gewesen wäre, hätte sie ihr sicher gesagt, sie solle keine wütenden Gedanken hegen. »Falls du Peter siehst, würdest du mir einen Gefallen tun und es mir ausrichten?«

»Wie finde ich dich?«

»Ich wohne im Holiday Inn am Times Square, in der achten Etage. Komm einfach an mein Fenster.«

»Das werde ich tun.«

»Danke schön. Es tut mir leid, ich habe leider keine Brotkrumen für dich.«

»Das macht nichts. Ich habe eben einen halben Donut gefunden und bin pappsatt.«

»Einen Donut?«

»Ein süßer, frittierter Kringel mit einem Loch in der Mitte.«

»Ich hatte zum Frühstück auch einen Kringel mit einem Loch in der Mitte. Er war aber weder süß noch frittiert.«

»Dann hattest du einen Bagel. Die süßen heißen Donuts.«

Lizzy nickte. Sie musste noch so viel lernen. Sie merkte, wie sie wieder Hunger bekam. Es war bereits Stunden her, dass sie etwas gegessen hatte, und sie hatte keine Ahnung, wie sie sich etwas zu essen beschaffen sollte. Sie konnte doch aber nicht jetzt schon die Kette ihrer Mutter verkaufen.

»Ich werde nun gehen«, sagte sie. »Ich danke dir für deine Hilfe, meine Liebe.«

»Ich wünsche dir einen schönen Tag«, trillerte die Taube.

»Den wünsche ich dir auch.« Sie lächelte ihr noch einmal zu und ging dann zurück in Richtung Times Square.

Kapitel 11

Als Lizzy zurück beim Holiday Inn war und es gerade betreten wollte, kam ihr jemand entgegen. Sie musste zweimal hinsehen, um sicher zu sein. Es war Peter!

»Peter!«, sagte sie erstaunt. »Was machst du denn hier?«

»Ich wollte dich besuchen.«

»Oh. Wie freundlich von dir.«

»Wollte mal sehen, wie du so zurechtkommst in der Stadt, die niemals schläft.«

»Ich komme sehr gut zurecht. Na ja, wenn ich ehrlich sein soll, habe ich keinen einzigen Cent mehr übrig und einen Bärenhunger.«

»Du hast dein ganzes Geld bereits am ersten Tag ausgegeben? Ich hab dein Bündel gesehen, das war nicht gerade wenig. Was hast du nur damit gemacht?«

»Eine Woche Holiday Inn und einen Einkauf bei Saks bezahlt, und schon war es alle.«

»Oje.«

»Oje.«

»Und nun?«

»Ich war heute auf der Suche nach dir, um dich zu fragen, ob du mir vielleicht helfen könntest.«

»Du warst auf der Suche nach mir?« Er grinste.

Lizzy nickte. »Ich kenne doch sonst keine Menschenseele in New York.«

»Ich habe leider auch kein Geld, tut mir leid.«

»Nein, nein. Ich wollte dich nicht um Geld bitten. Ich wollte fragen, ob du mir bei der Suche nach Arbeit behilflich sein könntest.«

»Oh. Okay. Dann lass uns doch gleich auf den Weg machen. Uns fällt schon etwas ein.«

Sie lächelte breit und hakte sich ein in Peters Arm, den er ihr hinhielt.

»Dein neues Kleid gefällt mir super«, sagte er. »Nicht so pompös wie das gestern.«

»Ich danke dir, Peter.«

»Die gläsernen Schuhe trägst du aber immer noch.«

»Ich trage sie immer.«

»Immer?«

»Immer! Du siehst heute auch ganz anders aus, Peter. Wo ist denn dein Frack hin?«

»Na, den trage ich doch nicht immer. Das ist meine Arbeitskleidung.«

»Ah.« Sie war ein wenig enttäuscht. Im Frack hatte er doch weitaus stattlicher ausgesehen als in dieser Hose und dem Oberteil mit den gelben Figuren darauf.

»Na gut. Also, du sagtest, du hast Hunger?«

»Hunger wie ein Bär.«

»Darf ich dich zum Essen einladen?«

»Sehr gerne.«

»Auf was hast du Lust?«

»Ich hätte gerne einen Donut.«

»Einen Donut?« Peter lachte.

»Ja, genau. Ich habe noch nie einen probiert und eine Freundin hat mir heute davon vorgeschwärmt.«

»Du hast noch nie einen Donut probiert? Wie kann das denn angehen?«

Sie zuckte nur die Schultern.

»Hey, Moment mal! Du hast doch gesagt, du kennst noch keine Menschenseele in New York.«

»Tue ich auch nicht. Sie ist kein Mensch, sondern eine Taube.«

Peter lachte erneut. »Du hast dich mit deiner Freundin, der Taube, über Donuts unterhalten?«

»Aber natürlich. Sie hat dich übrigens in den höchsten Tönen gelobt.«

»Mich?«

»Ja. Sie hat mir verraten, dass du dein Brot oft mit ihr teilst.«

Erstaunt sah Peter sie an, und nun musste sie lachen.

Dann standen sie vor einem Laden namens Dunkin´ Donuts, aus dem ein köstlicher Duft strömte.

»Oh, wie wundervoll!«, sagte Lizzy erfreut, als sie wenig später vor der Auslage mit den vielen, vielen Sorten bunt glasierter und hübsch verzierter Krapfen stand.

»Na, welchen willst du haben?«, fragte Peter. Gespannt beobachtete er sie.

»Dieser dort erinnert mich an das rosa Lieblingskleid von Rosaly. Und der grüne dort hat dieselbe Farbe wie Wandas Kleid und auch ihre Schuhe.«

Die Verkäuferin runzelte die Stirn und sah von Lizzy zu Peter. Der machte eine entschuldigende Geste und wandte sich wieder ihr zu: »Die Schlange wird immer länger, du musst dich jetzt entscheiden.«

»Das kann ich aber nicht. Sie erinnern mich alle an meine Freundinnen. Ach, ich vermisse sie bereits so sehr.«

»Wenn diese Donuts dich an deine Freundinnen erinnern, will ich lieber nicht wissen, wie die aussehen.«

»Sie sind alle ganz wunderschön, das kannst du mir glauben.«

»Miss!«, forderte die Frau hinter der Theke sie ungeduldig auf.

»Verzeihen Sie bitte. Ich nehme ... den rosafarbenen, nein, den blauen, nein, den mit den bunten Streuseln, nein, doch lieber den blauen oder ...«

»Geben Sie uns alle drei, bitte, und für mich einmal Schoko-Kokos«, sagte Peter und die Frau packte sie stöhnend ein.

»Du kaufst sie mir alle drei?«, fragte Lizzy hocherfreut. »Ich danke dir, Peter!«

Sie nahm den kleinen Karton entgegen und tanzte aus dem Geschäft.

»Ich hab noch nie jemanden gesehen, der sich so über Donuts gefreut hat«, sagte Peter mit einem Lachen.

»Darf ich sie probieren?«, fragte sie aufgeregt. Der Laden mit seinen Farben hatte sie an Fairyland erinnert im sonst eher grauen New York.

»Ich habe eine Idee«, sagte Peter und brachte sie zu einem hübschen kleinen Park, wo sie sich auf eine Bank setzten.

Dort durfte sie endlich ihre Donuts essen. Sie waren wirklich außergewöhnlich köstlich, bevor sie sich´s versah, hatte sie sie alle aufgegessen.

»Haben sie dir geschmeckt?«, fragte Peter mit einem breiten Grinsen.

»Sehr gut. Peter, warum lachst du mich die ganze Zeit aus?«

»Ich lache dich nicht aus. Ich finde es nur sehr ... erfrischend, wie du dich verhältst. Man könnte denken, du hast überhaupt keine Sorgen, so fröhlich, wie du bist.«

»Ich habe keine Sorgen. Da, wo ich herkomme, wird uns beigebracht, immer fröhlich und dankbar zu sein.«

»Deine Einstellung hätte ich gern. Am besten sollten alle Menschen deine Einstellung haben, dann gäbe es sicher keine Kriege mehr in der Welt.«

»Kriege? Oh, wie schrecklich.«

»Du bist toll, weißt du das, Lizzy Charming?«

»Oh, ich danke dir, Peter ... wie ist dein Familienname?«

»Bryson. Peter Bryson.«

»Er gefällt mir gut.«

»Danke. Jetzt musst du mir aber erzählen, wo du eigentlich herkommst.«

Ach herrje. Und nun? Die Wahrheit konnte sie ihm nicht sagen.

»Aus einem sehr fernen Land.«

»Aah, du willst geheimnisvoll bleiben, ja?«

»Nein, überhaupt nicht. Ich komme aus einer anderen Welt und darf die nächsten sechs Monate in dieser Welt leben. Um ein wenig New Yorker Luft zu schnuppern und um zu sehen, was es da noch so gibt.«

»Bist du etwa Amish? Ist das hier dein Rumspringa?«

»Wie bitte, was?«

»Na, bei den Amish dürfen doch die Jugendlichen auch für eine Weile von zu Hause weggehen, um das richtige Leben auszutesten.«

»Ich weiß zwar nicht genau, wovon du eigentlich sprichst, aber so etwas in der Art ist es wohl.«

Peter rieb sich das Kinn. »Na gut, dann sag mir wenigstens, auf welchem College du warst. Du hast doch gesagt, du bist gerade fertig mit der Schule, oder?«

»Genau. Du wirst die Schule aber nicht kennen.«

»Versuch´s einfach mal.«

»Ich habe die Crown besucht.«

»Die Brown?«

»Nein, Crown.«

»Da hab ich noch nie was von gehört.«

»Sag ich doch.« Sie stupste ihn leicht an und fragte sich sofort, ob das auch angemessen war.

Die letzten Jahre hatte sich nicht viel mit Jungs zu tun gehabt. Auf der Crown hatte es keine gegeben und Brüder hatte sie auch keine. Die einzige Gelegenheit, bei der die Prinzessinnen mal Jungs gesehen hatten, waren die Bälle gewesen, zu denen sie eingeladen hatten oder auf die sie eingeladen wurden. Diese Anlässe hatte Lizzy immer besonders aufregend gefunden.

Jetzt hier neben diesem jungen Mann zu sitzen, der auch noch so gut aussah, war ihr mehr als nur ein wenig fremd. Sie beschloss allerdings, dass sie nur mit ihm befreundet sein wollte. Was auch sonst? Schließlich war sie nicht hier, um sich zu verlieben, erst recht nicht in einen armen Kutscher. Nein, sie war hier, um Liebe und Magie zu verbreiten. Einen Mann würde sie noch früh genug finden, und zwar wenn sie wieder zurück in Fairyland war.

»Peter, darf ich dich etwas fragen?«

»Na klar.«

»Glaubst du an Märchen?«

»Natürlich. Ich habe meiner kleinen Schwester früher immer welche vorgelesen. Und ich musste mir sicher eine Million Mal Schneewittchen mit ihr ansehen.«

»Ehrlich?«

»Glaubst du mir nicht?«

»Wie sind die Namen der sieben Zwerge?«

»Hm. Ist schon eine Weile her. Mal sehen, ob ich sie noch zusammen bekomme. Happy, Brummbär, Schlafmütze, Hatschi, Pimpel, Chef und ... der letzte fällt mir nicht ein.«

»Seppl.«

»Ja, richtig. Seppl.«

»Das war trotzdem gut. Ich bin beeindruckt.«

»Danke.«

»Weißt du, Peter, ich habe gehört, dass die Menschen in diesem Land nicht mehr an Märchen glauben, oder an die wahre Liebe.«

»Echt? Das hast du gehört?«

Sie nickte.

»Das kann ich gar nicht glauben. Ich kenne genug Menschen, die ganz verzaubert sind von Märchen. Sonst würden sie doch nicht immer wieder verfilmt werden, oder?«

»Das kann schon sein, aber ...«

»Komm mit, ich will dir was zeigen.«

Er stand auf und nahm ihre Hand, die sie ergriff. Zusammen schlenderten sie davon.

Kapitel 12

»Wo führst du mich hin, Peter?«, fragte Lizzy.

»Das ist eine Überraschung.«

»Nun denn, ich bin gespannt, was du mir zeigen möchtest.«

»Lizzy, du bist echt außergewöhnlich, weißt du das?«

»Das tue ich.« Sie war immerhin eine Prinzessin.

Peter lachte wieder einmal. »Allein schon wie du dich ausdrückst. Habt ihr diese Umgangsformen auf der Crown beigebracht bekommen?«

»Man legt sehr viel Wert auf ein angemessenes Benehmen auf der Crown.«

»Und was haben sie euch da sonst noch beigebracht?«

»Vieles. Vor allem aber die fünf goldenen Regeln.«

»Und wie lauten die?«

»Kleide dich stets in fröhlichen Farben. Singe stets ein heiteres Lied. Spreche stets ein freundliches Wort. Lächle stets ein gütiges Lächeln. Erzähle stets ein romantisches Märchen.«

»Ist nicht dein Ernst! Das sind die fünf goldenen Regeln? Sag mal, ist die Crown eine Art Schauspielschule oder so was?«

»Mitnichten. Ich sagte dir doch schon, dass ich keine Schauspielerin bin.«

»Dann gibt es wohl nur eine logische Erklärung: Du musst direkt dem Märchenland entsprungen sein.«

Lizzy wurde blass. »Woher weißt du das?«, frag- te sie.

Peter blieb stehen. »Woher weiß ich was? Stimmt das etwa? Du bist dem Märchenland entsprungen? Das hab ich nur so aus Jux gesagt. Ein echtes Märchenland gibt es doch gar nicht. Oder etwa doch?«

»Ich dachte, du glaubst an Märchen?«, fragte sie vorsichtig.

»Na, ich glaube daran, dass irgendwelche weisen Männer mal auf die Idee gekommen sind, Geschichten aufzuschreiben, in denen es um das Gute geht. Diese Geschichten haben sie in eine rosarote Welt aus Glitzer und Einhörnern und Märchenschlössern gepackt, damit sie die Kinder auch erreichen konnten mit ihrer Message.«

»Du glaubst also gar nicht wirklich an diese Märchen, oder? Dass sie wirklich so passiert sind und jederzeit wieder passieren könnten?«

»Nein. Wer tut das denn schon?«

Ihr Vertrauen in Peter war von einem Moment auf den anderen verschwunden.

»Tust *du* es?«, fragte er.

»Aber natürlich.«

»Warum sind dir Märchen so wichtig?«, fragte er. »Es sind doch nur Kindergeschichten.«

»Das sind sie eben nicht«, sagte sie traurig.

»Na komm, lächle mal wieder. So gefällst du mir gar nicht. Du bist doch sonst immer so fröhlich.«

Sie versuchte zu lächeln, es wollte ihr aber nicht so richtig gelingen. Sie musste zugeben, dass sie enttäuscht war. Warum das so war, verstand sie allerdings nicht. Wahrscheinlich, überlegte sie, war es, weil die Prognose des Märchenrats sich als wahr erwiesen hatte.

»Wann sind wir denn endlich da?«, fragte sie.

»Wir stehen schon davor.«

Lizzy sah sich um und erkannte, dass sie vor einem großen Fenster standen, in dem sich viele, viele wunderbare Spielzeuge befanden.

»Was ist das?«, fragte sie.

»Der größte Spielzeugladen von New York. Komm mit rein«, forderte Peter sie auf und betrat ihn.

Lizzy folgte ihm und sah sich ehrfürchtig um. Sie gingen durch eine Abteilung mit kleinen Bausteinen, dann fuhren sie eine rollende Treppe hinauf, von der sie wieder ganz entzückt war. So eine hatte sie auch schon bei Saks gesehen. Wenn sie zurück in Fairyland war, würde sie dem Hohen Rat den Vorschlag unterbreiten, dort auch solch Treppen einzuführen, auf die man sich einfach zu stellen brauchte und die einen an sein Ziel brachten. Welch Wohltat es wäre, mit den langen Kleidern nicht mehr die Burg- und Schlosstreppen erklimmen zu müssen.

In der ersten Etage sah Lizzy etwas, das sie schockiert innehalten ließ.

Mit langsamen Schritten ging sie auf ein Plakat zu, auf dem ein Mann mit einem Gewehr abgebildet war. Sie umrundete dieses und näherte sich einigen Kindern, die dahinter in einer eingerichteten Ecke vor kleinen Bildschirmen saßen und sich wild bewegend vergnügten.

Als Lizzy jedoch einen Blick auf die Spiele warf, die sie spielten, wurde ihr schwummrig. Die Jungs erschossen jedes Mal, wenn sie auf dieses Ding drückten, das sie in Händen hielten, einen Hasen.

»Was tust du denn da?«, fragte sie einen Jungen von höchstens zehn Jahren.

»Ich ballere die alle ab«, sagte er und freute sich, als einige Hasen tot umfielen.

Sie fühlte nur noch, wie ihr schwarz vor Augen wurde und wie sie fiel.

Zwei starke Arme fingen sie auf.

»Hey, Lizzy, alles gut?«

»Ich ... ich muss mich einen Moment setzen. Mir ist schwindlig.«

Peter führte sie zu einem gelben Sitzsack, in den sie sich hineinplumpsen ließ.

»Was finden die Kinder nur an dieser Art von Spielen?«, fragte sie.

»Es macht ihnen Spaß, sie zu spielen, Lizzy. Interpretier da bitte nicht mehr rein, als es wirklich ist.«

»Aber sie erschießen Hasen!«

»Die sind doch aber nicht echt.«

»Trotzdem. Was, wenn sie solch Gefallen daran finden, dass sie irgendwann richtige Hasen abschießen? Nur so zum Spaß?«

»Ach, Lizzy. Das wird schon nicht passieren.«

»Ich kann das nicht länger ertragen. Ich muss hier raus. Es ist nämlich wahr, was Mrs. Happy uns gesagt hat, es gibt in diesem Land wirklich keinen Glauben mehr.«

»Glauben an was?«

»An Märchen natürlich, Peter, an was denn sonst?«

Peter sah ihr in die Augen. »Geht es wieder? Du solltest dir dringend ansehen, weshalb ich dich hergebracht habe.«

Er hielt ihr seine Hand hin, die sie ergriff. Sie versuchte, die Augen nur einen winzig kleinen Schlitz geöffnet zu lassen, weil sie gar nicht sehen wollte, was es sonst noch alles hier gab. Aus den

Augenwinkeln nahm sie merkwürdige roboterartige Figuren wahr, Außerirdische und Krieger.

Nein, nein, das alles wollte sie nicht sehen.

»Da sind wir. Mach die Augen auf!«, sagte Peter, als sie in der vierten Etage angekommen waren.

Vorsichtig öffnete Lizzy ihre Augen wieder und sie weiteten sich sofort. Sie ließ einen Freudenschrei aus, weil sie so glücklich war. In dieser Etage nämlich wimmelte es nur so von Märchenfiguren, von Pink und Glitzer, von Luftballons und Plüschtieren.

Auf einem Regal waren die sieben Zwerge aufgereiht, auf einem anderen gab es Becher und Tassen mit Bildern von Cinderella und Rapunzel. In einem Ständer befanden sich Märchenbücher, auf einem Bildschirm wurde ein Film abgespielt: *Arielle*. Viele, viele Kinderchen hatten sich darum versammelt, saßen auf kleinen Hockern oder auf dem Boden, hielten die Hände aneinander und klatschten dann und wann. Mit einem Funkeln in den Augen sahen sie Arielle dabei zu, wie sie im Meer schwamm und ein Lied sang. Und sie sangen sogar mit!

Lizzy klatschte selbst auch in die Hände und sah Peter an. »Das ist ganz wundervoll!«

»Sag ich doch. Es gibt noch Kinder, die an Märchen glauben.«

»Ich habe es kaum noch für möglich gehalten.«

Sie hörte nun ein kleines Mädchen ihre Mutter anflehen, ob sie nicht die Dornröschen-Puppe haben dürfe. Als die Mutter nachgab, drückte das Mädchen die Puppe glücklich an sich. Nie hatte Lizzy ein strahlenderes Lächeln gesehen.

»Ich kenne Dornröschen persönlich«, flüsterte sie dem Mädchen zu.

Die Kleine staunte. »Ehrlich?«

Lizzy nickte.

»Sie ist meine Lieblingsprinzessin.«

»Ich werde es ihr ausrichten.«

»Danke schön.«

»Kommst du, Lola? Wir wollen die Puppe jetzt bezahlen gehen«, rief die Mutter und das Mädchen rannte davon.

»Ich danke dir, dass du mir diesen Ort gezeigt hast, Peter.«

»Gern geschehen. Vielleicht suchen die hier ja noch Mitarbeiter. Wollen wir mal fragen gehen?«

»Nein, Peter, ich kann nicht an einem Ort arbeiten, an dem diese schrecklichen Spiele verkauft werden.«

Peter nickte und sagte: »Mir fällt da aber gerade was anderes ein. Du sagtest doch, du willst länger in New York bleiben, oder?«

»Ja, sechs Monate.«

»Wie viele Tage hast du noch im Holiday Inn?«

»Noch bis Sonntag.«

»Und wo willst du danach unterkommen?«

»Das weiß ich noch nicht.«

»Hör mal, ich habe da eine Idee. Meine Großtante besitzt ein Apartmentgebäude im Village. Dort wohne ich auch. Es ist gerade ein Ein-Zimmer-Apartment freigeworden. Es ist wirklich winzig, aber nicht allzu teuer und ...«

»Das hast du über das Holiday Inn auch gesagt.«

»Was?«

»Dass es nicht allzu teuer sei.«

»Na, du wolltest ja in keine Jugendherberge. Und im Vergleich zum Plaza oder Vier Jahreszeiten ist es schon recht preiswert. Ich wusste ja nicht, dass du vorhattest, ein halbes Jahr zu bleiben.«

»Und du schlägst nun also vor, dass ich ins Haus deiner Tante ziehen soll?«

»Wenn du sie davon überzeugen kannst, dich zu nehmen, so ohne Job und ohne Geld. Ich bin aber gerne bereit, ein gutes Wort für dich einzulegen.«

»Dann lass uns losgehen. Zeig mir dieses Haus.«

Sie hielt ihm ihre Hand hin. »Könntest du mich herausführen, bitte? Ich glaube, ich kann nur mit geschlossenen Augen an den anderen Etagen vorbei.«

Peter lächelte und nahm ihre Hand.

Kapitel 13

»In diesem Haus wohnst du?«, fragte Lizzy erstaunt, als sie vor dem Haus in Greenwich Village standen. Mit dem Village hatte Peter nämlich keinesfalls ein Dorf gemeint, sondern das Wohngebiet von Manhattan.

Das Haus seiner Tante gefiel ihr auf Anhieb. Es war nicht allzu hoch, besaß vier Stockwerke mit jeweils vier Fenstern, die zur Straße zeigten, es war braun und alt und erinnerte sie an die Burgen in Fairyland mit seinen Stuckverzierungen.

»Ja, hier wohne ich. Seit einem Jahr erst. Ich bin gleich nach dem College hergezogen, glücklicherweise habe ich eine Tante, die mich unterstützt. Mit dem Job als Kutscher könnte ich niemals über die Runden kommen.«

»Verzeih, Peter, aber warum machst du nicht etwas anderes? Wie willst du denn so eine Familie ernähren?«

»Oh Gott, so weit will ich noch gar nicht denken. Und was den Job angeht: Ich mache ja eigentlich etwas ganz anderes. Ich habe Comicdesign studiert und sitze Tag und Nacht an meinen

Zeichnungen. Leider habe ich bisher nicht viel zustande gebracht. Ich hoffe aber sehr, dass meine Comics eines Tages auch gedruckt werden.«

»Oh, Peter, ich bitte dich, mir zu verzeihen, dass ich glaubte, du seist nicht mehr als ein Kutscher.«

»Kein Ding.«

»Du zeichnest also, ja?«

»Ja. Ich habe es schon als kleiner Junge geliebt, zu zeichnen.«

»Ich hoffe doch sehr, du zeichnest keine Kämpferfiguren?«

»Wenn ich ehrlich sein soll, hab ich schon alles Mögliche ausprobiert.« Er lachte. »Vielleicht bist du ja Inspiration für eine ganz neue Art von Figur.«

»Ich wäre höchst erfreut.« Sie machte einen Knicks und lächelte.

»Jetzt lass uns reingehen. Tante Judith müsste von ihrem Mittagsschlaf aufgewacht sein. Ich möchte dich allerdings vorwarnen, sie ist nicht die freundlichste aller Personen. Besonders Fremden gegenüber ist sie sehr abweisend.«

»Das werden wir ja sehen«, sagte Lizzy und hüpfte die Stufen hinauf.

»Peter, mein Junge. Was verschafft mir die Ehre, dass du mich an einem Dienstagnachmittag besuchst?«, fragte Tante Judith, eine ältere Dame mit einem Dutt und einer Brille, wenig später. Sie war unglaublich klein und zierlich, doch trotz der Strenge, die ihr Gesicht ausstrahlte, funkelten ihre Augen fröhlich, erst recht als Lizzy sie anlächelte und dabei knickste.

»Tante Judith und ich sind immer samstags zum Mittagessen und auf einen Filmklassiker verabredet, dienstags sehen wir uns nur sehr selten«, klärte Peter sie auf.

»Oh, fein, das finde ich aber nett.«

»Und wer ist deine Freundin, mein Junge?«, fragte die Tante.

»Das ist Lizzy Charming. Sie ist ganz neu in New York und auf der Suche nach einer Unterkunft.«

»Oh. Und da dachtest du an die kleine, leere Wohnung im dritten Stock?«

»Genau.«

»Dann kommt doch erst mal rein, ihr beiden.« Sie ließ sie eintreten, deutete auf das dunkelgrüne Sofa und brachte ihnen Tee.

»Der ist ganz köstlich, ich danke Ihnen«, sagte Lizzy.

»Nun, Miss Charming, wo kommen Sie her?«

»Da mag Lizzy nicht drüber reden«, kam Peter ihr zuvor.

»Ich denke, Miss Charming ist sehr wohl in der Lage, selbst zu antworten, oder?«

Lizzy faltete die Hände im Schoß. »Ich komme von weit her und darf nun sechs ganze Monate in

New York verbringen. Ich würde mir die Wohnung wirklich gerne einmal ansehen.«

»Was können Sie mir für Sicherheiten bieten? Haben Sie bereits eine feste Anstellung?«

»Noch nicht. Aber ich bin zuversichtlich, dass ich bald eine haben werde.«

»Na, Sie sind ja gut.« Tante Judith faltete ebenfalls die Hände und studierte Lizzys Gesicht.

Lizzy ließ ihr aber gar nicht die Möglichkeit, noch etwas zu sagen, denn sie hatte etwas entdeckt. »Oh, sind das Sie und Ihr Liebster?«, fragte sie und zeigte auf ein gerahmtes Bild auf dem alten Kaminsims über der zubetonierten Öffnung.

Tante Judith blickte sich um, ihr Ausdruck wurde sofort warm und liebevoll. Mit einem Lächeln antwortete sie: »Ja, das ist mein James. Das Foto ist bereits sehr alt.«

»Sie sehen sehr glücklich darauf aus. Darf ich fragen, wie Sie beide sich begegnet sind?«

Lizzy nahm Peters Kopfschütteln wahr, Tante Judith aber sah ihr in die Augen und sagte: »Aber selbstverständlich. James und ich lernten uns in einer Eisdiele kennen. Wir saßen oft nebeneinander an der Theke und tranken Milchshakes. Mit der Zeit verliebten wir uns, unsere Eltern waren aber gegen eine Beziehung, wir kamen nämlich aus verschiedenen kulturellen Kreisen.«

»Ihre Eltern waren gegen eine Beziehung? So wie bei Romeo und Julia? Wie romantisch!«, schwärmte Lizzy.

»Ja, beinahe genauso. Nur dass wir uns über alles und jeden hinwegsetzten und trotzdem heirateten. Unsere Eltern sprachen jahrelang kein einziges Wort mit uns. Das war uns aber egal, die Hauptsache war, wir hatten einander.«

»Wie wundervoll!«

»Wir waren dreiundvierzig Jahre verheiratet. Dann wurde mein James krank und hat mich verlassen. Ich weiß aber genau, dass er dort, wo er jetzt ist, auf mich wartet, das tut er ganz sicher.«

Lizzy strahlte glücklich. Nun war sie sich sicher, dass der Hohe Rat falsch lag. Dieses Land war noch lange nicht verloren, nicht solange es solche Menschen gab.

»Ich mag Sie, Kindchen. Wenn Sie wollen, können Sie oben einziehen. Die Miete ist am Ersten jedes Monats fällig. Peter, der Schlüssel hängt im Flur, zeig Miss Charming doch das Apartment.«

Peter schien völlig überrascht zu sein, stand jedoch auf und brachte Lizzy hoch.

»Peter, du schaust aus, als hättest du ein Einhorn im Zimmer deiner Tante gesehen.«

»Ich bin nur erstaunt. Meine Tante öffnet sich sonst nie, und ganz bestimmt nicht Menschen gegenüber, die sie erst seit fünf Minuten kennt.«

»Ich bin halt was Besonderes«, sagte Lizzy und grinste.

»Ja, das ist mir inzwischen auch klar.«

Er schloss die Tür auf und zeigte ihr das winzige Zimmer mit Küche und Bad. Es war alles andere als komfortabel. Das Bett, der kleine Tisch, der einzelne Holzstuhl und der Kleiderschrank sahen doch sehr einsam aus in dem Raum, aber sie würde es sich schon hübsch machen.

»Ich nehme es«, sagte sie glücklich.

»Okay, dann sind wir jetzt wohl Nachbarn. Ich wohne ganz oben.«

»Zeig mir dein Zimmer«, bat Lizzy.

Peters Ohren erröteten. »Eigentlich nehme ich keine Mädchen mit hoch.«

Sie musste lachen. »Ach, Peter, wir sind doch nur Freunde!«

»Okay, na dann.«

Er ging vor und Lizzy folgte ihm. Sie war völlig hin und weg von all den Zeichnungen, die seine Räumlichkeiten schmückten. Es gab sogar eine Wäscheleine mitten durch sein Arbeitszimmer, auf der Bilder hingen. Im Gegensatz zu ihr hatte Peter ein zweites Zimmer, das er als Wohn- und Schlafzimmer nutzte. Aber auch dort waren in allen Ecken Zeichnungen anzufinden.

»Ich kann nicht glauben, wie talentiert du bist, Peter. Du bist ein echter Künstler.«

»Ach, ich weiß nicht … ich steh einfach auf Comics.«

Sie betrachtete ein Mädchen, das einen Fisch ritt. Diese Bilder … sie könnten wirklich etwas hermachen. Und sofort kam ihr auch eine Idee.

»Peter, wir werden zusammen ein Bilderbuch gestalten. Ich erzähle die Geschichte und du zeichnest dazu die Bilder.«

»Ha! Und du denkst, es ist so einfach, damit bei einem Verlag unterzukommen?«

»Das überlass nur mir«, sagte sie zuversichtlich und lächelte zufrieden. »Abgemacht?«

Peter schüttelte den Kopf. Jemanden wie sie hatte er noch nie gekannt. Lange sah er sie an und hielt ihr dann seine Hand hin. »Abgemacht.«

Kapitel 14

Als Lizzy abends im Hotelbett lag, fragte sie sich, wie es wohl sein würde, ganz allein zu leben. Sie hatte zwar bisher immer ihr eigenes Zimmer gehabt, nie aber ihre eigene Wohnung. Wo wohl Rosaly jetzt wohnte? Ob sie sich mit etwas wie einer Jugendherberge zufriedengeben musste oder ob sie auch irgendwo ihr eigenes Reich hatte?

Es war so unfair, dass sie keinen Kontakt zueinander aufnehmen durften. Sie hoffte ja zutiefst, dass sie auf die eine oder andere Weise etwas von den anderen Prinzessinnen hören würde. Wenn zum Beispiel eine von ihnen etwas Großes bewirkte und darüber in den Zeitungen berichtet wurde.

Ob *sie* es wohl schaffen würde, Großes zu bewirken? So, wie sie es sah, war auf jeden Fall noch nicht alle Hoffnung verloren für Amerika. Wenn sie alle ihr Bestes gaben, konnten sie die Romantik zurück in die Herzen der Menschen bringen.

Am nächsten Tag jedoch war sie sich da doch nicht mehr so sicher, als sie nämlich aus dem Hotel auscheckte, sich ihr Geld für die vier verbliebenen Nächte zurückerstatten ließ und sich mit ihren Sachen auf zum Apartment machte.

Ein Mann und eine Frau stritten sich – mitten auf der Straße. Sie schrien sich an und beschimpften sich mit Worten, die Lizzy nie zuvor vernommen hatte. Am liebsten hätte sie sich die Ohren zugehalten, doch dann erinnerte sie sich an die fünf goldenen Regeln und ging auf die beiden zu.

»Oh, hören Sie bitte auf zu streiten«, sagte sie.

»Was will die denn?«, fragte der Mann.

»Kennst du die etwa?«, fragte die Frau. »Ist das eine deiner kleinen Affären?«

»Ich habe keine Affären, das habe ich dir schon zehntausend Mal gesagt, Monica!«, schrie der Mann zurück.

»Oh, bitte, so hören Sie doch auf. Ich möchte Ihnen gerne helfen«, sagte Lizzy und führte die beiden ein Stück zur Seite. Sie ging in der Mitte, damit sie sich mit ihr als Puffer langsam beruhigen konnten. »Erzählen Sie mir, weshalb Sie streiten.«

»Na, weil meine Frau eifersüchtig ist wie `ne Furie und sich Sachen einbildet, die nie passiert sind.«

»Na, wenn er immer die halbe Nacht weg ist und angeblich mit seinen Kumpels pokert.«

»Monica, so heißen Sie doch, oder?« Die Frau nickte. »Warum denken Sie, dass ihr Mann Sie betrügt? Hat es sich jemals als wahr erwiesen? Haben Sie ihn jemals dabei ertappt oder hat er Ihnen gestanden, dass er es getan hat?«

»Nein, das nicht.«

Nun wandte Lizzy sich dem Mann zu. »Haben Sie Ihre Frau jemals hintergangen? Seien Sie ehrlich.«

Sie sah ihm tief in die Augen, als er antwortete: »Nein, das habe ich nicht. Ich schwöre es bei meinem Leben.«

»Er sagt die Wahrheit«, verkündete sie sogleich der Frau.

»Sind Sie sich da sicher?«

»Ganz sicher.«

»Und wo treibt er sich dann herum?«

»Sagen Sie es ihr. Ganz ehrlich«, forderte Lizzy den Mann auf.

»Ich geh pokern, das weiß sie auch. Ich versuche doch nur, ein bisschen was rauszuholen, um ihr endlich diese blöde Kreuzfahrt zu ermöglichen, die sie sich schon ewig wünscht.«

»Wirklich?«, fragte Monica.

»Ja.«

»Oh, Donny.« Monica küsste ihren Donny. »Wenn ich das gewusst hätte.«

»Ich hätte es dir gesagt, wenn du mich nicht immer so angefahren hättest.«

»Ich liebe dich, Donny, ich liebe dich.«

»Und ich liebe dich, Monica.«

Nun küssten die beiden sich auf eine Weise, die Lizzy erröten ließ. Aber wenigstens waren sie wieder ein Herz und eine Seele.

»Darf ich kurz stören?«, fragte Lizzy. »Versprechen Sie mir, von nun an immer ehrlich zueinander zu sein, und sich weiterhin zu lieben, ja?«

Die beiden versprachen es zwischen zwei Küssen und knutschten weiter. Lizzy setzte ihren Weg zufrieden fort.

Leider ähnelten sich alle Straßen so sehr, dass sie sich ein paar Blocks von ihrem neuen Heim entfernt verlief. Das wiederum brachte sie an einen besonderen Ort, es musste Schicksal sein. Als sie nämlich mit ihrem Stadtplan die Seitenstraße entlangschlenderte, wurde sie auf einen kleinen Buchladen aufmerksam, der Märchenbücher im Schaufenster ausgestellt hatte. Über dem Laden hing ein Schild, auf dem *Book Box* stand.

Sie ging die zwei Stufen hinunter, öffnete die Tür und eine Ladenglocke erklang. Im Ladeninnern spürte sie sofort eine märchenhafte Aura. Alles war wunderschön gestaltet mit Bildern von Schlössern und Märchenfiguren an den Wänden. Von der Decke hing eine Lampe mit rosafarbenen Diamanten. In einer Ecke stand ein großer Stuhl, um den viele kleine Stühle aufgereiht waren. Sofort fühlte Lizzy sich wohl.

»Guten Tag«, begrüßte die Inhaberin sie freundlich. »Kann ich helfen oder möchten Sie sich erst einmal umschauen?«

»Eigentlich bin ich aus einem anderen Grund da«, verkündete Lizzy. »Ich bin auf der Suche nach Arbeit und würde gerne hier bei Ihnen anfangen.«

Die Dame um die fünfzig mit dem langen geflochtenen Zopf lachte. »Tut mir leid, aber wir suchen keine Mitarbeiter. Hier ist ehrlich gesagt in letzter Zeit nicht viel los.«

»Na, dann müssen wir das dringend ändern. Ich werde Ihnen dabei helfen.«

»Und wie wollen Sie das schaffen?«, fragte die Frau, noch nicht sehr überzeugt.

»Das weiß ich selbst noch nicht so genau. Mir wird aber sicher etwas einfallen. Wir könnten zum Beispiel Märchenstunden veranstalten, bei denen ich vorlese.«

»Ich fürchte, die Kinder von heute sind nicht mehr mit Vorlesestunden zu locken. So traurig es ist.«

»Man muss nur wissen, wie man es richtig anstellt. Wir könnten Themennachmittage machen, bei denen die Kinder sich wie Figuren aus dem jeweiligen Buch verkleiden können. Ich könnte mit den Kindern außerdem singen und ihnen ein wenig Insiderwissen über die Märchenfiguren erzählen.«

»Sie kennen sich mit Märchen aus?«

»Und ob. Fragen Sie mich, was Sie wollen.«

»Okay, machen wir ein kleines Quiz. Wenn Sie es bestehen, stelle ich Sie ein. Ihre Einstellung gefällt mir nämlich.«

»Gut, so machen wir es.« Lizzy machte sich bereit.

»Mit welcher Obstsorte versuchte die Hexe, Schneewittchen zu vergiften?«

»Mit einem Apfel, das ist viel zu leicht.«

»Na gut. Woraus zauberte die gute Fee eine Kutsche für Cinderella?«

»Aus einem Kürbis.«

»Nicht schlecht. Jetzt was Schweres: Wie heißt der Prinz, der Rapunzel aus dem Turm rettet?«

»Prinz Eugene.«

»Sie sind wirklich gut. Nun kommen wir zur letzten und wirklich schweren Frage: Im Disney-Film fällt Dornröschen an ihrem sechzehnten Geburtstag in den hundertjährigen Schlaf. Wie alt ist sie im Originalmärchen der Brüder Grimm?«

»Fünfzehn.«

»Sie wissen ja wirklich alles. Und eine Zusatzfrage: Woran sticht sich Dornröschen?«

»An einer Spindel, woran denn sonst?«

»Sie sind eingestellt. Kommen Sie morgen früh um neun in den Laden und erzählen Sie mir von all Ihren Ideen.«

»Ich danke Ihnen. Mein Name ist übrigens Lizzy.«

»Sehr erfreut. Ich bin Violet.«

»Ich freue mich schon auf morgen. Was soll ich mitbringen?«

»Gute Laune und ein Lächeln.«

»Das habe ich sowieso immer dabei.« Lizzy lachte, winkte und ging zurück auf die Straße.

So einfach war es also gewesen. Mrs. Happy wäre sicher stolz auf sie. Das musste sie gleich Peter erzählen. Sie kannte ihn erst seit drei Tagen und schon kam es ihr vor, als hätte sie nie einen besseren Freund gehabt. Heute ging er mit ihr in den Supermarkt und danach Bettwäsche kaufen.

»Wollen wir uns eine Pizza bestellen zur Feier des Tages?«, fragte Peter sie am Abend. Er freute sich sehr für sie, dass sie schon einen Job gefunden hatte.

»Sehr gerne. Ich liebe Pizza. Ich hoffe so, dass Rosaly in New Orleans auch welche zu essen bekommt.«

»Na, da bin ich mir aber ganz sicher. Vermisst du deine beste Freundin sehr?«

»Ganz schrecklich sogar.«

»Und deine Eltern?«

»Die auch. Aber ich habe sie eh nur selten gesehen, als ich auf dem Internat war.«

»Ach, die Crown ist ein Internat? Das hattest du gar nicht erwähnt.«

Sie machte ihnen einen Tee und musste beim Anblick der Teetasse an Tassilo denken, die kleine sprechende Tasse, von der Belles Tochter Heather so oft lustige Geschichten erzählte.

»Du, Lizzy«, sagte Peter eine halbe Stunde später mit seinem Pizzastück in Händen. »Darf ich dich was fragen?«

»Aber natürlich, du darfst mich alles fragen, mein lieber Freund.«

»Was passiert, wenn es dir in New York so gut gefällt, dass du nicht wieder zurückwillst?«

Sie legte ihr Pizzastück ab und sah sich die Bilder an, die sie an diesem Nachmittag gemeinsam entworfen hatten und die nun an der Leine in Peters Zimmer hingen. Sie zeigten eine Prinzessin inmitten von Manhattan. Lizzy hatte sich dazu entschlossen, ihre eigene Geschichte zu erzählen. Peter sagte sie natürlich kein Wort davon, dass dies ihre Erlebnisse waren – er hätte ihr ja doch nicht geglaubt.

»Ich weiß es ehrlich gesagt nicht«, sagte sie traurig. Sie hatte nämlich jetzt schon die Befürchtung, dass es letztlich dazu kommen würde. Sie hatte sich in New York verliebt. Die Reale Welt und ihre Bewohner waren ihr schon jetzt ans Herz gewachsen, besonders weil sie nicht so perfekt waren wie die Bewohner von Fairyland. Die Menschen hier brauchten sie doch viel dringender.

»Ich möchte noch nicht darüber nachdenken, Peter, einverstanden?«

»Okay. Dann lass uns aufessen und weiterzeichnen. Also, wir waren an der Stelle, wo die Prinzessin sich im Central Park wiederfindet. Wie geht es weiter?«

Lizzy sah Peter an. »Als Nächstes musst du eine Kutsche zeichnen mit einem stattlichen Kutscher, der ein niedliches Grübchen am Kinn hat.«

Peter fasste sich ans Kinn und wurde rot.

»Bekomme ich das letzte Stück Pizza?«, fragte sie.

»Klar.« Peter sah sie auf eine Weise an, die Lizzy nicht richtig deuten konnte. Sie lächelte und sah ihm dabei zu, wie er zuerst ein Pferd, dann eine Kutsche und zuletzt den Kutscher und die Prinzessin mit ihren gläsernen Schuhen zeichnete. Beinahe hätte man denken können, er zeichne wirklich sie.

4 MONATE SPÄTER

Kapitel 15

Es war Zufall gewesen, dass die Taube Babette Lizzy wiedergefunden hatte. Sie hatte es beim Holiday Inn versucht, sobald sie den netten Kutscher wiedergesehen hatte, war alle Fenster des achten Stocks abgeflogen, doch ohne Erfolg. Die Prinzessin war fort. Eines Tages im Juni jedoch, als sie durchs East Village geflogen war, hatte sie eine liebliche Stimme gehört und nachgeschaut, woher sie kam. Es war Lizzy, die an ihrem offenen Fenster stand und sang.

»Lizzy, endlich habe ich dich gefunden. Ich suche dich seit Wochen«, sagte Babette.

»Das tut mir leid, liebste Freundin. Ich hätte dir Bescheid sagen sollen, dass ich umgezogen bin.«

»Ich habe den Kutscher wiedergesehen. Jetzt habe ich mir die Zeiten gemerkt, zu denen er im Central Park fährt.«

»Wie lieb von dir. Das ist aber gar nicht mehr nötig, ich habe ihn schon selbst gefunden. Er wohnt gleich über mir.«

»Oooooh«, trällerte Babette. »Heißt das etwa, ihr beiden seid ein Pärchen?«

»Ach du liebe Güte, nein. Wir sind nichts als Freunde, sehr gute Freunde. Wir arbeiten zusammen an einem Bilderbuch, einem Märchenbuch.«

»Wie schön. Dann wünsche ich euch viel Erfolg.«

»Ich danke dir, meine Liebe.« Lizzy hatte weitergesungen und Babette hatte eingestimmt.

Das war nun circa zwei Monate her. Seitdem hatte sich viel getan. Die ganze Stadt wusste inzwischen, wer Lizzy Charming war.

Babette landete nun auf der Fensterbank von Tante Judith, die gerade Besuch von Peter hatte. Es war ein warmer Sommertag im August, durch das offene Fenster konnte Babette hören, worüber die beiden sprachen.

»Wann willst du es ihr endlich sagen, Peter?«

»Was denn, Tante?«

»Dass du bis über beide Ohren in sie verliebt bist.«

»So ein Quatsch. Wir sind Freunde, mehr nicht.«

»Wer von euch beiden sagt das?«

»Sie. Wieder und wieder. Sie will nicht mehr als nur meine Freundin sein. Und das ist okay. Außerdem arbeiten wir zusammen, das würde die Sache nur verkomplizieren.«

»Wie kommt ihr voran?«

»Sehr gut. Wir haben gerade mit dem vierten Band begonnen. Lizzy fallen die unglaublichsten

Geschichten ein. Pink Ink hat uns bereits zugesagt, dass sie uns auch für die nächsten drei Bücher unter Vertrag nehmen wollen. Sie sind total begeistert.«

»Und die ersten drei? Wann gibt es die endlich zu kaufen?«

»So schnell geht das leider nicht. Buch eins, das von der Prinzessin in New York, kommt Mitte September in den Handel. Die Vorbestellungen sind rekordverdächtig, wurde uns gestern mitgeteilt. Die Kinder können es kaum erwarten, unsere modernen Märchen zu lesen.«

»Ihr bringt die Märchen zurück zu den Kindern. Ihr lehrt Ihnen das Gute. Peter, ihr beide könnt sehr stolz auf euch sein, ich hoffe, das ist euch bewusst.«

»Ach«, Peter winkte ab. »Der meiste Verdienst gebührt Lizzy. Sie erzählt immerhin die Geschichten, ich fasse sie nur in Bilder.«

Tante Judith lächelte ihren Neffen an. »Was wollen wir heute für einen Film ansehen?«

»Hab ich da denn irgendwas zu sagen?« Er lachte.

»Nein, hast du nicht. Trotzdem wollte ich höflich sein und wenigstens gefragt haben. Also, heute schauen wir uns *Die große Liebe meines Lebens* an. Ein weiteres modernes Märchen. Es gibt so viele, und die Leute erkennen sie nicht einmal.«

Babette zwitscherte ein Lied und flog davon.

Währenddessen in der Book Box.

»Hast du gesehen, Lizzy? Du bist schon wieder in der Zeitung!«, sagte Violet stolz und hielt das Blatt in die Höhe.

Lizzy lächelte. »Ach, das muss das Interview mit der Times sein. Die Reporterin war außerordentlich freundlich.«

»Klar sind sie alle freundlich zu dir. Du bist der neue Star am New Yorker Himmel. Jeder will über dich schreiben oder dich in seiner Sendung haben.«

»Ich ein Star? Oh, Violet, nein, nein. Ich bin doch nur ich.«

»Ganz genau. Du bist du. Eine wundervolle junge Frau, die es geschafft an, in kurzer Zeit eine ganze Stadt wieder für Märchen zu begeistern. Und das Beste ist, dass du für mich arbeitest! Hätte mir etwas Schöneres passieren können?«

Ja, es hatte sich als richtig erwiesen, dass Violet sie eingestellt hatte. Seit ihrem ersten Arbeitstag in der Book Box verzauberte Lizzy die Kinder von Greenwich Village und inzwischen von ganz New York. Ihre Lesestunden waren begehrt wie nichts anderes, man musste sich sogar auf Wartelisten setzen lassen. Mit solch einem Andrang hatten weder Lizzy noch Violet gerechnet.

Die Kinder liebten sie. Sie konnten gar nicht genug von Prinzessin Lizzy bekommen, wie sie sie nannten. Denn für alle war klar: Sie musste eine echte Prinzessin sein, etwas anderes war überhaupt nicht möglich. So, wie sie sich mit Märchen auskannte, die kleinen Details, die sie über die anderen Prinzessinnen zu erzählen hatte ... und seit sie dem einen oder anderen neugierigen Mädchen zugeflüstert hatte, dass sie die Tochter von Cinderella war, hatte es die Runde gemacht.

»Ist Lizzy Charming, die Mitarbeiterin der beliebtesten Kinderbuchhandlung New Yorks, wirklich Cinderellas Tochter?«, hatte das People Magazine erst letzte Woche gefragt.

Lizzy machte es nichts aus, dass nun jeder wusste, wer sie wirklich war. Natürlich hatte der Hohe Rat den Prinzessinnen ausdrücklich gesagt, dass sie auf keinen Fall ihre wahre Identität preisgeben durften, aber Lizzy war sich ziemlich sicher, dass es, wenn es zum Wohle der Menschheit beitrug, schon toleriert werden würde.

Es war wirklich so: Die Menschen begannen wieder an die wahre Liebe zu glauben. Die Scheidungsrate war in den letzten Monaten deutlich gesunken. Die Spielzeugläden verkündeten, dass es eine zweihundertprozentige Steigerung der Verkäufe von Puppen und Märchenartikeln gegeben hatte, die der Videospiele und Actionfiguren war dagegen weit zurückgegangen. Und nicht nur die Mädchen waren im Märchenfieber, auch die Jungs entdeckten mehr und mehr den Spaß an Märchenfiguren. Eine Umfrage hatte ergeben, dass achtundsiebzig Prozent aller amerikanischen Jungen im Alter von sechs bis zwölf sich zum Geburtstag Märchenzubehör wie einen der sieben Zwerge als Plüschtier, das Aladdin-Videospiel oder die DVDs zu Mulan, Hercules oder Tarzan wünschten.

Lizzy konnte es kaum fassen, dass sie dazu beigetragen haben sollte.

»Lizzy, du bist genau im richtigen Moment gekommen«, hatte Violet ihr mehr als einmal gesagt. »Du hast wahrscheinlich nicht nur mich und meinen Laden gerettet, sondern auch alle Kinder der Nachbarschaft.«

Aus »Nachbarschaft« war irgendwann »New York« geworden. Zuletzt hatte Violet sogar »ganz Amerika« gesagt. Ja, auch in anderen Städten Amerikas fanden die Kinder wieder Gefallen an Märchen. Das war aber nicht allein Lizzys Verdienst. Sie war nicht die Einzige der Prinzessinnen, die von sich reden machte. Erst kürzlich hatte sie Belles Tochter Heather in einer Fernsehsendung gesehen. Sie hatte in die Hände geklatscht und Peter, bei dem sie vor dem Fernseher saßen, weil sie keinen eigenen hatte, erzählt, dass Heather eine ihrer liebsten Freundinnen und sie zusammen mit ihr auf der Crown gewesen war.

»Dann scheinen wohl alle deine Freundinnen so ausgefallen zu sein wie du, oder? Und ihr seid alle im Auftrag der Liebe unterwegs.«

»Das sind wir«, hatte Lizzy strahlend geantwortet. Und wie es aussah, waren sie recht erfolgreich.

Kapitel 16

»Wer möchte denn die wahre Geschichte von Cinderella und Prince Charming hören?«, fragte Lizzy, während fünfzig funkelnde Mädchenaugen zu ihr aufsahen.

»Ich, ich, ich!«, riefen alle.

»Na gut, dann werde ich sie euch erzählen. Alles fing damit an, dass Cinderellas Mutter starb und ihr Vater eine neue Frau heiratete. Diese Frau war böse und brachte zwei Töchter mit, die beinahe genauso böse waren wie sie selbst.«

Voller Leidenschaft erzählte Lizzy die Liebesgeschichte ihrer Eltern, dabei trug sie eines der Märchenkleider, die sie sich selbst genäht hatte. Denn ihre Märchenstunden sollten authentisch sein, mit allem, was dazugehörte.

Stets kleidete sie sich wie die Prinzessin, deren Geschichte sie erzählte. Heute schmückte sie also ein wunderschönes blaues Ballkleid und das Haarband ihrer Mutter, dazu trug sie natürlich die gläsernen Schuhe, die sie aber immer trug, egal zu welchem Kleid und welcher Geschichte. Sie waren ihr Markenzeichen, sie würde niemals andere tragen.

»Und nun verrate ich euch etwas, das so im Disney-Film nicht vorkommt. Die beiden Schwestern Anastasia und Drizella versuchten nämlich alles, um den Prinzen davon zu überzeugen, dass sie die Richtigen für ihn sind. Um ihm zu beweisen, dass der verlorene Glasschuh ihnen passte, schnitt sich die eine den großen Zeh und die andere die Ferse ab.«

Die Mädchen machten große Augen, waren schockiert. Lizzy lächelte, das erreichte sie nämlich jedes Mal mit diesem geheimen Detail, von dem nur wenige Kinder wussten.

»Natürlich passte der Glasschuh aber nur Cinderella. Das erkannte auch der Prinz und nahm sie zur Frau.«

»Bist du wirklich Cinderellas Tochter?«, fragte ein kleines Mädchen von vielleicht sieben Jahren.

Lizzy lächelte und fragte: »Was glaubst du denn?«

»Ich glaube schon.«

Die anderen Mädchen stimmten ihm zu. Sie alle trugen wunderhübsche Prinzessinnenkostüme und sahen einfach zauberhaft aus.

»Dann wird es wohl so sein«, antwortete Lizzy und zwinkerte der Kleinen zu.

Nach der Lesestunde stand plötzlich ein Mann vor ihr. Sein Anblick ließ Lizzy wanken, er war nämlich sehr gut aussehend mit seinem blonden Haar und den Lachfalten um die Augen. Zudem hatte er ein einzigartig süßes Lächeln.

»Das ist sie, Malcolm, sie ist es wirklich«, sagte das kleine Mädchen von vorhin aufgeregt und zog und zerrte an dem Mann.

»Hallo«, sagte er nun zu Lizzy. »Meine kleine Nichte erzählt von nichts anderem als Ihnen. Sie ist Ihr größer Fan.«

Lizzy lächelte. »Das freut mich sehr.«

»Ich habe zuletzt in England gelebt, komme zurück nach New York und hier ist dieser Riesenhype um Ihre Person zugange. Ich bin ehrlich gesagt ziemlich fasziniert.«

Lizzy legte die Hände auf den Rücken und war ganz verlegen. So schüchtern kannte sie sich selbst sonst gar nicht.

»Clara und ich gehen jetzt ein Eis essen. Hätten Sie vielleicht Lust, uns zu begleiten?«

Ohne überhaupt darüber nachzudenken, antwortete Lizzy: »Sehr gerne.«

Die kleine Clara jubelte vor Freude.

»Wollen Sie sich noch umziehen?«

Nun fielen Lizzy ein Dutzend Dinge gleichzeitig ein. Zuallererst hatte sie doch noch überhaupt keinen Feierabend. Außerdem war sie nach der Arbeit mit Peter verabredet, um an dem neuen Buch zu arbeiten. Aber all das erschien in diesem

Moment unwichtig. Alles, was sie wollte, war, mit diesem Mann Eis essen zu gehen.

Sie sah zu Violet hinüber, die gerade die lange Schlange zu bekämpfen versuchte, die sich an der Kasse gebildet hatte. Sie lächelte ihr aber zu und sagte: »Nun geh schon!«

Lizzy nickte freudig und sagte dem Mann: »Ich bleibe so, wie ich bin.«

»Oh, wow. Ich war noch nie mit einer echten Prinzessin unterwegs.« Er lachte und Clara nahm ihre Hand.

»Ich heiße übrigens Malcolm King.«

Lizzy glaubte, sich verhört zu haben. King? König? Es musste Schicksal sein, diesem Mann zu begegnen.

»Und Sie sind sich sicher, dass Sie das alles schaffen?«, fragte Malcolm King, als Lizzy der Prinzessinnen-Becher gebracht wurde.

Eigentlich war er für Kinder gedacht, und Clara hatte einen im kleinen Format bekommen, aber Lizzy hatte unbedingt auch einen gewollt. Nun hatte sie fünf Eiskugeln mit einer riesigen Sahnehaube, rosa Glitzerstreuseln, rosafarbenen Schokolinsen und rosa Krönchen aus Weingummi vor sich stehen.

»Aber natürlich. Ich liebe Eiscreme.«

»Ja?« Malcolm gab sich mit zwei Kugeln Pistazieneis zufrieden. »Und was mögen Sie noch?«

»Donuts. Ich bin ganz verrückt nach Donuts. Und nach Pizza.«

»Darf ich Sie dann vielleicht mal auf eine Pizza einladen? Nur wir zwei, ohne die kleine Nervensäge hier?«

Lizzy würde Clara nicht gerade als eine Nervensäge bezeichnen, aber ein wenig anstrengend war sie schon. Die ganze Zeit zerrte sie an ihr und wollte die verschiedensten Dinge von ihr wissen, z.B. ob sie die Glasschuhe wirklich immer trug, sogar im Schnee, und was die bösen Stiefschwestern von Cinderella heute machten. Lizzy kam kaum dazu, ein Wort mit Malcolm zu wechseln.

»Es wäre mir ein großes Vergnügen«, antwortete sie ihm also.

»Das ist gemein, ich will auch mit! Und ich bin gar keine Nervensäge!«, sagte Clara und verschränkte die Arme vor der Brust.

»Natürlich nicht, meine Kleine«, versuchte Lizzy, sie zu besänftigen.

»Manchmal möchten aber Erwachsene auch unter sich sein«, erklärte Malcolm seiner Nichte.

Inzwischen hatte sie erfahren, dass er fünfundzwanzig Jahre alt war, die letzten zwei Jahre in Oxford studiert hatte und nun zurück in New York war, um bei seinem Vater im Immobiliengeschäft einzusteigen. Nur zu gerne würde sie noch mehr von ihm erfahren.

Eine Weile war Clara noch beleidigt, dann stellte sie jedoch schon wieder gefühlte eine Million Fragen:

Wie ist es so im Märchenland?

Gibt es da auch Prinzessinneneisbecher?

Gibt es da auch Prinzessinnenpizza?

Schläfst du in einem echten Himmelbett?

Kannst du auch mit Tieren sprechen?

Werden Frösche wirklich zu Prinzen, wenn man sie küsst?

Hast du eine eigene Kutsche?

Hast du noch Geschwister?

Wurdest du schon mal von einem echten Prinzen geküsst?

Alle Fragen beantwortete Lizzy ganz ehrlich, bei der letzten errötete sie allerdings, weil auch Mal-colm sie gespannt ansah.

»Nein, ich wurde noch nie von einem echten Prinzen geküsst.«

»Von wem wurdest du denn geküsst?«, wollte Clara wissen.

»Noch von niemandem. Ich habe meine wahre Liebe doch noch nicht gefunden.«

Malcolm sah sie auf eine Art und Weise an, die ihr Innerstes erwärmte. Sie konnte es kaum erwarten, ihn wiederzusehen und herauszufinden, ob er ihr ganz eigener Prinz war.

Kapitel 17

»Es tut mir so leid, dass ich mich verspäte«, sagte Lizzy, als sie zwei Stunden später bei Peter ankam.

Sie war noch ein wenig mit Malcolm und Clara durch New York spaziert und viel zu spät dran.

»Musstest du länger in der Buchhandlung arbeiten?«

Oje, was sollte sie dem lieben Peter denn nun sagen? Sofort plagte sie ein schlechtes Gewissen.

Da sie immer die Wahrheit sagte, sagte sie sie auch jetzt: »Ich war mit neuen Freunden Eis essen und spazieren und habe dabei die Zeit vergessen. Bitte verzeih mir, Peter.«

Peter sah sie an, sah so tief in sie hinein, dass sie den Blick abwenden musste. Es tat ihr so schrecklich leid. Nie wieder durfte sie einen Freund im Stich lassen.

»Okay«, sagte er nun. »Dann lass uns an die Arbeit machen, damit wir heute noch was schaffen.«

Sie setzten sich an Peters Arbeitstisch, er nahm den Bleistift in die Hand, wirkte aber irgendwie betroffen.

»Bist du böse auf mich?«

»Nein, nein … Lizzy, beantworte mir eine Frage ganz ehrlich, ja?«

Sie nickte.

»Warst du mit einem Mann unterwegs? Hast du mich wegen eines anderen Mannes versetzt?«

»Ja. Woher weißt du das?«

»Das Strahlen in deinen Augen ist nicht zu übersehen.«

»Es tut mir leid.«

»Du brauchst dich nicht zu entschuldigen. War doch klar, dass der Tag kommen würde, an dem du jemanden datest. Ich wundere mich, dass er nicht schon viel früher gekommen ist.«

Hörte sie da etwa Verbitterung in seiner Stimme? Sie konnte es gut verstehen, sie hatte ihn zutiefst enttäuscht.

Sie arbeiteten an ihrem Buch, doch heute war es anders als sonst.

»Ich habe das Interview in der Times gelesen«, sagte Peter irgendwann. »Das Foto von dir ist wunderschön.«

»Ich danke dir, mein lieber Freund.«

Er zeichnete weiter. Irgendwann fragte er wie nebenbei: »Wirst du ihn wiedersehen?«

»Wen?«, fragte Lizzy unschuldig, obwohl sie genau wusste, von wem Peter sprach.

»Na, den Typen von heute Nachmittag.«

»Er hat mich zum Pizzaessen eingeladen. Am Freitag.«

»Na dann wünsche ich dir viel Spaß.«

Wieder war die Enttäuschung nicht zu überhören. Sie wusste es ja, Pizzaessen war ihr gemeinsames Ding, wie Peter es immer nannte.

Da die Spannung, die in der Luft lag, kaum auszuhalten war, verabschiedete Lizzy sich heute schon früher. Sie sagte, sie habe Kopfschmerzen und werde jetzt ins Bett gehen, was keine Lüge war. Dieses schlechte Gewissen, das absolut neu für sie war, machte sie ganz fertig.

»Gute Nacht, Lizzy«, sagte Peter. Er stand in der Tür und sah ihr nach, bis sie die Treppen hinuntergegangen war.

In ihrer Wohnung legte Lizzy sich sogleich aufs Bett und sah zum Abendhimmel, auf den sie von ihrem Fenster aus einen fabelhaften Blick hatte. Lange lag sie so da, es wurde immer dunkler. Irgendwann stand der Mond am Himmel und Lizzy vergoss eine kleine Träne.

»Ach, Rosaly. Wärst du nur bei mir, dann könntest du mir sagen, was ich tun soll. Du hast die Liebe schon immer viel besser verstanden als ich.«

»Ähem«, hörte sie ein leises Räuspern. »Kann *ich* dir vielleicht weiterhelfen?«

Lizzy schaute unters Bett, wo die kleine Maus Leonard hinauslugte. Sie hielt ihr ihre Hand hin und ließ sie draufklettern.

»Ach, wie lieb von dir, Leonard. Aber ich glaube, da muss ich ganz allein einen Ausweg finden.«

»Worüber zermarterst du dir denn den Kopf, du Arme?«

»Ich habe heute einen Mann kennengelernt, vielleicht ist er mein Prinz. Ich mag ihn jedenfalls sehr.«

»Das hört sich fantastisch an. Wo ist das Problem?«

»Das Problem ist Peter. Ich habe ihn wegen des anderen versetzt und nun ist er böse auf mich.«

»Ach, Lizzy, hast du es denn immer noch nicht verstanden?«

»Ja, was denn?«

»Dass Peter in dich verliebt ist.«

Lizzy lachte. »So ein Unsinn! Peter ist mein allerbester Freund, beinahe so etwas wie ein Bruder.«

»Oh. Weiß er das auch?«

»Aber natürlich.«

»Dann verstehe ich seine Enttäuschung.«

»Leonard, Leonard, gut, dass du nur eine kleine Maus bist. Du hast nämlich von menschlichen Gefühlen absolut keine Ahnung.«

»Hast *du* sie denn?«, wollte Leonard wissen.

»Ich habe es immer geglaubt. Inzwischen bin ich mir da aber gar nicht mehr so sicher.«

»Lizzy, du hast so viel erreicht, seit du in die Reale Welt gekommen bist. Du selbst bist dabei aber auf der Strecke geblieben.«

»Das sehe ich ganz genauso, und deshalb werde ich am Freitag auch mit Malcolm King ausgehen«, sagte Lizzy entschlossen.

»Armer Peter«, murmelte Leonard.

»Wie bitte? Hast du was gesagt?«

»Ach, nichts. Hast du zufällig ein Stück Käse im Haus?«

»Aber sicher.« Lizzy stand auf und ging zum Kühlschrank, wo sie ein kleines Mitternachtsmahl hervorzauberte, das sie zusammen mit Leonard einnahm.

Kapitel 18

Am Freitag hatte Lizzy ihr Date mit Malcolm King. Es verlief genau so, wie sie sich ein perfektes Rendezvous vorstellte. Er holte sie von zu Hause ab, brachte sie in ein edles Restaurant, das die köstlichste Pizza der ganzen Stadt servierte, er bestellte ihnen Tiramisu zum Nachtisch, das sie sich teilten, und dann spazierten sie durch die in Abendlicht getauchte Stadt.

Der Himmel war rosa und lila erleuchtet, die Sonne ging gerade unter.

»Bald wird der Mond am Himmel erscheinen«, sagte Lizzy träumerisch.

»Hat der Mond eine besondere Bedeutung für dich?«, erkundigte sich Malcolm.

»Oh ja, eine ganz besondere. Er verbindet mich auf ewig mit meiner besten Freundin Rosaly. Wir sind nun schon über vier Monate voneinander getrennt, sie fehlt mir so sehr. Wenn aber der Mond am Himmel steht, weiß ich, sie schaut zu ihm hinauf und dann ist sie mir gar nicht mehr so fern.«

»Beste Freunde haben oft etwas, das sie verbindet, etwas, das sie immer wissen lässt, dass sie aneinander denken und dass sie füreinander da sind, wenn auch nur aus der Ferne. Ich habe ebenfalls einen Freund zurücklassen müssen. Bobby, er lebt in England.«

»Ist er ein guter Freund?«

»Ich war Trauzeuge auf seiner Hochzeit.«

»Oh, wie wundervoll. Dann vertraut er dir wohl sehr.«

»Wir würden einander unser Leben anvertrauen.«

Lizzy freute sich, dass Malcolm verstand, wovon sie sprach, und dass er ein ehrenhafter und verlässlicher Mensch zu sein schien.

»Wo ist deine Freundin jetzt? Rosaly?«

»Ja, Rosaly. Sie ist in New Orleans.«

»Warum fährst du sie nicht mal besuchen?«

»Oh nein, das ist uns nicht gestattet. Wir dürfen einander in den sechs Monaten nicht sehen.«

»Sechs Monate?«

»Wir Absolventinnen der Crown School wurden alle für sechs Monate nach Amerika geschickt. Jede in eine andere Stadt. Hier haben wir einiges zu lernen, und das müssen wir ganz allein meistern.«

»Wow! Ihr dürft während der ganzen Zeit keinerlei Kontakt zueinander haben?«

Sie schüttelte den Kopf.

»Das stelle ich mir aber schwer vor. Wenn ihr jede in eine andere Stadt geschickt wurdet, kennst du dann überhaupt irgendjemanden in New York?«

»Oh ja. Ich habe Peter und Tante Judith und Violet, die Inhaberin der Buchhandlung, in der ich arbeite. Und all die lieben Kinderchen, die mich tagtäglich besuchen.«

»Peter?«, fragte Malcolm.

Lizzys Gesicht erstrahlte. »Ja, er ist ein wirklich guter Freund.«

»Bist du dir sicher, dass er nicht mehr ist?«

»Ganz sicher. Was haben nur alle in letzter Zeit?«

»Entschuldige, es geht mich ja auch gar nichts an. Ich wollte wohl einfach nur sichergehen, dass du dein Herz nicht schon einem anderen versprochen hast.«

»Nein, das habe ich nicht.«

»Gut«, sagte Malcolm und nahm ihre Hand. »Sehr gut.«

Hand in Hand schlenderten sie die Fifth Avenue entlang.

»Sag mal, warst du je auf dem Empire State Building?«

»Dort oben?« Lizzy legte den Kopf in den Nacken und sah ehrfürchtig hoch. »Nein, niemals.«

»Hast du Lust auf ein Abenteuer?«

»Meinst du etwa, du möchtest mich dort hinaufbringen?«

»Warum nicht? Komm!«

Er zog sie mit sich, bezahlte den Eintritt und brachte sie zu den Fahrstühlen. Kurz darauf fuhren sie rauf zur 86. Etage.

»Das ist unglaublich!«, schwärmte Lizzy, als sie auf der Freifläche standen und hinunter auf die riesige Stadt blickten. Von keinem Schloss in ganz Fairyland hatte sie solch eine Aussicht gehabt.

»Toll, oder? Ich bin auch immer wieder überwältigt, wenn ich diesen Ausblick vor mir habe. Es zeigt einem, wie klein und unbedeutend man doch eigentlich ist.«

Lizzy sah zum Hudson River hinüber, konnte nicht aufhören zu staunen, schwebte einmal die ganze Plattform entlang und umrundete so den gewaltigen Turm. Das zarte Rosa des Himmels hatte sich nun zu einem knalligen Rot verwandelt, er sah aus, als stünde er in Flammen.

»Malcolm, hast du schon viele Frauen hier hochgebracht?«

»Warum fragst du?«

»Ich würde es nur gerne wissen.«

»Okay, ich will ehrlich sein. Früher schon. Aber da war ich jünger, vielleicht achtzehn. Jetzt bin ich ein anderer Mensch, ich bin erwachsen geworden und möchte mich fest binden, eine Familie gründen. Mit der Richtigen.«

Er nahm ihre Hände in seine und blickte ihr tief in die Augen. Seine Lippen näherten sich den ihren und sie waren ganz kurz davor, sie zu berühren, als Lizzy sagte: »*Ich* bin achtzehn.«

»Wie bitte?«, fragte Malcolm verwirrt.

»Du stelltest es gerade so dar, als ob man mit achtzehn noch nicht wüsste, was man im Leben will.«

»Na ja, das ist ja meist auch so. Wow, du bist erst achtzehn? Das hätte ich nun wirklich nicht gedacht.«

»Achtzehn ist gar nicht so jung. Da, wo ich herkomme, heiratet man schon sehr früh. Dornröschen war gerade einmal sechzehn und Schneewittchen war auch nicht älter bei ihrer Hochzeit. Die meisten Märchen-Prinzessinnen heirateten schon vor ihrem achtzehnten Geburtstag, bevor der Hohe Rat beschlossen hat, dass sie zuerst noch ein Magical absolvieren sollen, um ...«

»Wir sind hier aber nicht im Märchen, Lizzy«, sagte Malcolm.

»Ja, das weiß ich. Hier ist alles so ganz anders als im Märchenland.«

»Du glaubst tatsächlich, dass du eine Prinzessin bist, oder?«

»Natürlich bin ich eine.«

»Deshalb trägst du auch diese Kleider und sprichst auf diese Weise.«

Was hatte Malcolm denn? Sie fand, ihre Sprache hatte sie der modernen Sprache schon sehr gut angepasst und ein üppiges Kleid trug sie heute Abend auch nicht. Nein, sie hatte sich das Kleid angezogen, das sie an ihrem zweiten Tag in New York gekauft hatte, das Kleid, in dem sie mit Peter Donuts gegessen hatte in dem kleinen, idyllischen Park.

Peter ...

»Malcolm, wenn es dir nicht passt, wie ich mich kleide oder ausdrücke, dann sollten wir uns vielleicht nicht mehr wiedersehen.«

»Nein, Lizzy, so war das doch nicht gemeint. Ich glaube, ich war einfach in meinem Stolz verletzt, weil ich dich doch gerade küssen wollte und du mich zurückgewiesen hast.«

»Du wolltest mich küssen?«, fragte sie überrascht.

Malcolm lachte. »Das hast du nicht bemerkt?«

Sie schüttelte ihren Kopf.

»Na, dann machen wir halt einen Neustart. Ist dir jetzt bewusst, dass ich dich küssen möchte?«

Er näherte sich ihr, umfasste ihre Taille und küsste sie ganz zärtlich. Lizzy war völlig hin und weg. Ihr erster Kuss! Sie hatte das Gefühl, als würden ihre Beine jeden Moment nachgeben.

Sie genoss jede Sekunde dieses unerwarteten Ereignisses. Wie wundervoll es sich anfühlte. Sie schwebte im siebten Himmel.

Ob Malcolm King der Richtige für sie war? Ihr Märchenprinz auf diesem Schloss namens Empire State Building?

Als er endlich von ihr ließ, lächelte er sie breit an. Lizzy hatte ganz gerötete Wangen und sah schüchtern zu Boden.

»Du hast mich geküsst«, sagte sie leise.

»Hat es dir gefallen?«

»Sehr.«

Sie lehnte sich an ihn. Er legte einen Arm um ihre Schultern. So sahen sie der Sonne dabei zu, wie sie vollends unterging, und dem Mond dabei, wie er langsam den Horizont hinaufkletterte.

Kapitel 19

Am folgenden Tag klingelte Lizzy bei Tante Judith an der Tür. Als diese ihr öffnete, sagte Lizzy: »Ich weiß, heute ist euer Filmnachmittag, aber würdet ihr euch vorher noch zusammen mit mir das Interview ansehen? Ich habe doch keinen Fernseher.«

»Musst du denn heute gar nicht arbeiten?«

»Ich war nur vormittags in der Book Box und habe den Kindern die Geschichte von Jasmin und Aladdin erzählt.«

»Das sehe ich. Du siehst wie eine echte arabische Schönheit aus, nur dass deine Haarfarbe nicht so ganz stimmt.«

»Danke schön.« Lizzy fasste sich an einen der riesigen goldenen Ohrringe.

»Dann komm herein, meine Liebe. Peter und ich sind gerade beim Essen. Hast du Hunger? Es ist noch jede Menge übrig.«

»Ich habe außer einem Donut mit blauen Streuseln zum Frühstück noch nichts gegessen.«

»Dann werde ich dir gleich etwas bringen.«

Lizzy summte das Lied *A Whole New World*, Kaylas Lieblingslied, weil Jasmin es ihr früher beim Einschlafen vorgesungen hatte.

»Na, du siehst ja gut aus«, sagte Peter, der gerade in eine Kartoffel biss, die er auf seine Gabel aufgespießt hatte. »Wie `ne Bauchtänzerin.«

Sie hörte auf zu summen, setzte sich und sah Peter an. »Hallo, Peter.«

Lizzy musste zugeben, dass sich ihre Beziehung verändert hatte. Seit sie ihn neulich versetzt hatte, verhielt Peter sich wie ein beleidigtes Kind.

Sie hatte alles versucht, um es wiedergutzumachen, hatte ihnen Pizza bestellt, Peter eine neue Mappe für seine Zeichnungen geschenkt, sich eine Billion Mal entschuldigt, aber nichts schien ihn gnädiger zu stimmen.

»Ist das überhaupt angemessen für eine Prinzessin, so bauchfrei?«, fragte er nun patzig.

Sein Blick auf ihren Bauch war ihr plötzlich unangenehm.

»Jasmin trägt es halt so, und sie ist ebenfalls eine Prinzessin.«

»Und mit ihrer Tochter bist du auch befreundet, ja?« Gehässigkeit schwang in seiner Stimme mit.

»Und ob. Wir waren zehn Jahre lang zusammen auf der Crown.«

Peter machte ein arrogantes Gesicht. »Wie soll denn das gehen? Lizzy, überleg mal! Cinderella,

Dornröschen und Jasmin haben zu völlig unterschiedlichen Zeiten gelebt. Es funktioniert doch gar nicht, dass sie alle Töchter im selben Alter haben. Eigentlich müssten sie alle längst tot sein, sollten sie überhaupt je wirklich gelebt haben.«

Betroffen sah Lizzy Peter an.

»Da sieht man mal wieder, dass du rein gar nichts verstehst. Im Märchenland ticken die Uhren nämlich ganz anders als bei euch.«

»Als bei *uns*?« Peter lachte abschätzig und schüttelte den Kopf.

»Was sich liebt, das neckt sich«, flötete Tante Judith, als sie mit einem vollgefüllten Teller aus der Küche kam.

»Wie bitte?«, fragten Lizzy und Peter gleichzeitig und starrten die ältere Dame an.

»Ach, nichts. Nun hört auf zu streiten und esst! Wir sind doch hier nicht im Kindergarten!«

Sie taten, wie ihnen geheißen, wechselten dabei aber kein Wort und auch keinen Blick mehr.

Nachdem sie ihre leeren Teller in die Küche gebracht hatten, setzten sie sich alle auf die Couch.

»Wir müssen das Interview nicht zusammen ansehen. Ich kann auch wieder nach oben gehen«, sagte Lizzy, weil Peter sie einfach wahnsinnig machte mit seinem Verhalten.

Wenn sie nur wüsste, was eigentlich mit ihm los war.

»Sei nicht albern, Lizzy, wo willst du es denn sonst ansehen? Du hast doch keinen Fernseher«, erinnerte sie Tante Judith.

»Bleib ruhig«, sagte auch Peter. »Bin ja mal gespannt, was du wieder für verrückte Geschichten erzählst.«

»Als du die Zusage vom Verleger bekamst, der diese Geschichten als das Beste, was er seit Langem zu lesen bekommen hat, bezeichnete, klang das aber noch ganz anders«, blaffte Lizzy zurück.

»Das ist ja nicht auszuhalten mit euch!«

Tante Judith setzte sich zwischen sie und stellte den Fernseher an.

Nicht viel später begann auch schon die Talkshow.

»Heute freue ich mich besonders auf meinen ersten Gast«, begann die Moderatorin Iris Jennings. »Bitte begrüßen Sie mit mir die allseits beliebte Prinzessin von New York: Lizzy Charming!«

Das Publikum klatschte und Lizzy betrat das Studio.

»Wow!«, rutschte es Peter heraus.

»Du siehst hinreißend aus, Lizzy«, befand auch Tante Judith.

»Danke schön. Sie haben mich eine ganze Stunde lang geschminkt.«

Iris Jennings begann, Lizzy zu befragen. Sie wollte alles über ihre Arbeit mit den Kindern in der Book Box wissen. Dann fragte sie sie nach ihrer Herkunft und ob sie tatsächlich die Tochter von Cinderella war, wie man es aus allen Ecken hörte.

»Ja, Cinderella ist meine Mutter, das stimmt.«

Iris Jennings lachte. »Sie sind einfach zu süß. Beinahe hätte ich es Ihnen abgenommen. Nun aber mal im Ernst, woher kommen Sie wirklich?«

»Aus dem Märchenland. Dort bin ich aufgewachsen und zur Schule gegangen. Ich bin erst vor vier Monaten nach New York gekommen.«

Die Moderatorin lachte wieder. »Zu köstlich, wirklich. Und, wie gefällt Ihnen New York, eure Hoheit?«

Lizzy lächelte. »Ich finde es toll. Ich liebe meine Arbeit und habe bereits viele neue Freunde gefunden.«

»Ja? Und was sagen Ihre Freunde dazu, dass Sie eine Prinzessin sind?«

»Nun, mein bester Freund Peter glaubt es mir nicht so richtig, die Taube Babette und die kleine Maus Leonard allerdings wissen, dass ich die Wahrheit sage.«

Nun starrte Iris Jennings sie mit großen Augen an. »Die Taube Babette und die Maus Leonard? Habe ich Sie gerade richtig verstanden?«

»Aber gewiss.«

»Ich muss ehrlich sagen, Miss Charming, jemandem wie Ihnen bin ich zuvor noch nicht begegnet. Aber ob das alles nun wahr ist oder nur ein Märchen, ich finde es beeindruckend, was Sie erschaffen haben, nämlich eine ganz neue Einstellung der Jugend. Ich glaube, nicht nur alle Eltern und Lehrer sind begeistert, sondern vor allem auch die Kinder. Mein größter Respekt gilt Ihnen, Prinzessin Lizzy.«

Sie machte eine übertrieben schwungvolle Geste mit der Hand.

»Danke schön. Ich bin auch froh, dass ich etwas bewirken konnte. Und wenn erst mal unsere Bücher auf den Markt kommen ...«

»Ja, erzählen Sie uns von den Büchern. Es sind Märchenbücher, ja?« Iris kicherte. »Was für eine dumme Frage.«

»Ja, es sind moderne Märchen, die ich mit meinem Freund Peter Bryson zusammen entwickle und gestalte. Er ist ein unglaublich talentierter Künstler.«

Als Peter dies hörte, sah er gerührt über Tante Judith hinweg zu ihr.

»Sie haben einen Exklusivvertrag mit dem renommiertesten Kinderbuchverlag Pink Ink an Land gezogen, ich gratuliere. Wie viele Bücher wird es geben, was dürfen wir erwarten?«

»Drei Bücher sind bereits fertig und drei weitere in Arbeit. Die Bücher erzählen alle Geschichten von Prinzessinnen, die ihre wahre Liebe finden.«

»Sie sind also im Grunde nicht anders als die klassischen Märchen. Was unterscheidet sie von ihnen?«

»Das müssen Sie dann selbst herausfinden.« Lizzy lächelte geheimnisvoll. »Das erste Buch kommt schon im nächsten Monat in den Handel.«

»Da freuen wir uns sehr. Wie ist der Titel des Buches?«

»*Eine Prinzessin in New York.*«

»Ich glaube, ich spreche für alle, wenn ich sage: Wir sind mehr als gespannt. Ich danke Ihnen für Ihren Besuch, Miss Charming, und ich wünsche Ihnen viel Erfolg für Ihre Märchenbücher.«

»Danke.« Es wurde noch einmal Lizzys strahlendes Lächeln gezeigt, dann wurde Werbung eingeblendet.

»Wunderbar, einfach wunderbar. Hast du gesehen, wie Lizzy für eure Bücher geworben hat?«, fragte Tante Judith Peter.

»Ja.«

»Was habe ich schon wieder falsch gemacht?«, fragte Lizzy, denn Peters Missfallen war nicht zu übersehen.

»Gar nichts.«

»Sucht euch schon mal einen Film aus. Zur Feier des Tages dürft ihr entscheiden. Ich mache inzwischen einen Tee und hole den Kuchen«, verkündete Tante Judith und begab sich wieder in die Küche.

»Und?«, fragte Peter, sobald sie nicht mehr zu sehen war. »Wie war dein Date?«

»Sehr schön, danke. Er heißt King.«

»Was?«

»Mein Date. Sein Name ist Malcolm King.«

»Und was soll mir das nun sagen?«

»Nun, ich bin der Meinung, das sagt schon alles. Verstehst du nicht, Peter? King! Es muss Schicksal sein, dass ich ihm begegnet bin.«

»Oh Gott, weil er King heißt? Das kann doch nicht dein Ernst sein! Was hast du nur mit Prinzen und Prinzessinnen und Königen und sprechenden Tieren? Hast du irgendetwas aus deiner Kindheit nicht verarbeitet, oder was? Ich meine, du gehst ins Fernsehen und erzählst der ganzen Welt diesen Schwachsinn von wegen du wärst eine echte Prinzessin aus dem Märchenland. Glaubst du wirklich, dass dir das irgendjemand abkauft? Die Leute lachen dich aus!«

»Das ist mir egal. Ich weiß, wer ich bin und die Kinder lieben mich. Alles andere zählt nicht.«

Peter schüttelte nur den Kopf.

»Peter! Wenn du das alles für Schwachsinn hältst, weiß ich nicht, warum du überhaupt diese Bücher mit mir schreibst. Ich glaube, wir werden unser Arbeitsverhältnis beenden müssen.«

»Das geht nicht. Wir haben bereits die Verträge unterschrieben und den Vorschuss kassiert.«

»Ja, und von dem Vorschuss werde ich mir jetzt einen Fernseher kaufen gehen, damit ich mir das hier nicht mehr antun muss«, sagte sie und stand auf.

»Ist mir echt zu blöd alles. *Ich* werde gehen.« Peter stand ebenfalls auf und ging zur Haustür.

Tante Judith kam ins Wohnzimmer geeilt. »Habe ich da gerade die Haustür gehört?«

»Peter ist gegangen.«

»Oh nein. Was habt ihr beide nur für ein Problem?« Sie stellte den Kuchen auf den Couchtisch und sah Lizzy an. »Dann sehen halt wir beide uns heute einen Film an.«

»Es tut mir schrecklich leid, Tante Judith, aber ich kann nicht«, sagte sie, denn auf einmal spürte sie etwas in ihrem Innern, das sie nicht kannte: ein Brennen und ein Schmerz in ihrem Herzen.

Was war das nur?

Wut?

Verzweiflung?

Trauer?

Verwirrung?

Enttäuschung?

Oder alles zusammen?

Sie lief hinauf in ihre Wohnung, warf sich aufs Bett und weinte, weinte bitterlich.

Kapitel 20

Sie erwachte von einem Klopfen an der Tür und erkannte da erst, dass sie eingenickt war.

Taumelnd stand sie auf, begab sich zur Tür und öffnete diese in der Hoffnung, es wäre Peter, der gekommen war, um sich mit ihr zu vertragen. Wer aber nun vor ihr stand, hätte sie in ihren kühnsten Träumen nicht erwartet.

»Ältester Winston, was macht Ihr denn hier? Ich meine, kommt doch herein. Bitte entschuldigt.« Sie machte einen Knicks und ließ den Ältesten eintreten.

Dieser sah sich in ihrer Wohnung um, die sie inzwischen zwar sehr hübsch dekoriert hatte mit allerlei hellblauem Schnickschnack und frischen Blumen, die aber dennoch ein wenig unordentlich war.

»Ich habe wirklich nicht mit Euch gerechnet, Ältester Winston. Stattet Ihr allen Prinzessinnen einen Besuch ab?« Unauffällig sammelte sie ein paar Kleider zusammen und warf sie in den Kleiderschrank.

Der Älteste mit seinem langen weißen Bart blickte sie an und sagte mit seiner tiefen Stimme: »Nein, Lizzy. Ich besuche nur dich. Die anderen haben nicht gegen die Regeln verstoßen, nur du.«

»Aber ... ist es, weil ...«

»Wie lautet die diamantene Regel?«

»Du sollst unter keinen Umständen offenbaren, wer du wirklich bist, wenn du in die Reale Welt gehst«, widerholte sie, was sie so oft im Unterricht gesagt bekommen hatten.

»Ganz genau. Und was hast du getan?«

»Ja, ich weiß, ich habe es offenbart. Es tut mir auch leid, aber ich habe es zum Wohle der Menschheit getan. Ich musste es tun, oder sie hätten mir nicht geglaubt.«

»Hast du denn überhaupt nicht verstanden, was deine Aufgabe war? Du solltest Magie verbreiten, ohne preiszugeben, wer du bist. Darum ging es!«

»Ich habe doch aber auf diese Weise viel mehr erreicht.«

Der Älteste schüttelte den Kopf. »Einige der anderen Prinzessinnen haben ebenso viel erreicht, ohne die Regeln zu brechen.«

»Und nun?«, fragte Lizzy ängstlich. »Seid Ihr hier, um mich zurück nach Fairyland zu holen? Ist mein Magical vorbei?«

»Nein. Jede von euch darf sechs Monate bleiben. Ich bin hier, um dich zu ermahnen. Du musst dich an die Regeln halten, Lizzy.«

»Ich werde mein Bestes geben, Ältester Winston.«

Sie machte sich fürchterliche Sorgen. Wenn sie die Prüfung nicht bestand, würde sie dann überhaupt die Krone tragen dürfen?

»Gut. Ich weiß, dass du es schaffen kannst.«

»Was soll ich jetzt tun? Zurücknehmen, was ich offenbart habe? Sagen, dass alles eine Lüge war?«

»Nein, denn das wäre eine erneute Lüge. Wenn du noch einmal nach deiner Herkunft gefragt wirst, hülle dich einfach in Schweigen. Lasse dir etwas einfallen, was die Leute glauben lässt, es war alles nur ein Märchen.«

Das war wahre Ironie. Lizzy fühlte sich schrecklich.

»Da ist noch eine Sache, Lizzy.«

Verunsichert sah sie den Ältesten an.

»Nenne mir die fünf goldenen Regeln!«

»Kleide dich stets in fröhlichen Farben. Singe stets ein heiteres Lied. Spreche stets ein freundliches Wort. Lächle stets ein gütiges Lächeln. Erzähle stets ein romantisches Märchen.«

»Gut. Und nun überlege und sage mir, welche dieser Regeln du nicht eingehalten hast.«

Sie musste nicht lange überlegen. Natürlich. Spreche stets ein freundliches Wort. Wie sie sich verhalten hatte, die Art, wie sie mit Peter gestritten hatte … das war es, was an ihr nagte. Jetzt verstand sie es endlich.

»Ich habe Regel 3 nicht befolgt, Ältester Winston. Aber woher wisst Ihr davon?«

Der Älteste musste schmunzeln, machte aber sogleich wieder ein ernstes Gesicht. »Wenn ich ehrlich sein soll, hat der Hohe Rat einen kleinen … na, sagen wir mal Spion bei dir eingeschmuggelt.«

»Ein Spion? Ja, wen denn nur?«

»Die kleine Maus Leonard.«

Sie konnte es nicht fassen. Leonard hatte sie ausspioniert? Und dem Hohen Rat von ihren Fehlern berichtet?

»Oje.«

»Sei nicht betrübt, Lizzy. Du hast noch genug Zeit, um es wiedergutzumachen. Deshalb schicken wir euch ja auf euer Magical. Damit ihr Erfahrungen sammelt und aus euren Fehlern lernt. Damit ihr vorbereitet seid auf euer Amt, immerhin werdet ihr alle eines Tages ein Königreich regieren.«

»Wie es aber aussieht, bin ich die Einzige, die hier Fehler macht«, sagte sie niedergeschlagen.

»Du wirst einen Weg finden, alles wieder ins Reine zu bringen. Ich verabschiede mich jetzt. Wir sehen uns in acht Wochen.«

»Wartet, Ältester Winston.« Sie wusste selbst nicht recht, was sie da tat. Die Worte bahnten sich einfach so einen Weg nach draußen. »Was, wenn ich gar nicht zurückkommen möchte?«

Der Älteste drehte sich um und sah ein wenig schockiert aus. »Was meinst du, Lizzy?«

»Ich habe hier einen Mann kennengelernt, meinen Prinzen. Ich glaube, ich bin verliebt und möchte bei ihm bleiben.«

»Dazu bist du nicht hier, mein Kind. Es gibt genügend Prinzen in Fairyland, die darauf warten, dass ihr zurückkehrt, um sich mit euch zu vermählen.«

»Ich weiß, ich weiß, aber ... es ist doch schon vorgekommen, oder?«

»Was sollen wir nur mit dir machen, Lizzy Charming?« Er trat einen Schritt auf sie zu, sah ihr direkt ins Gesicht und sagte: »Du würdest deiner Mutter das Herz brechen.«

Schuldbewusst sah Lizzy zu Boden.

»Vollende dein Magical und komme zurück nach Fairyland. Darauf musst du dich jetzt konzentrieren, auf nichts anderes.«

Sie nickte. Das war Antwort genug.

Als der Älteste ihre Wohnung verließ, stand Peter im Treppenhaus und starrte ihn an. Dann lief er gleich weiter nach oben, ohne sich noch einmal umzublicken.

Verzweifelt setzte Lizzy sich an ihr Fenster. Wer hätte gedacht, dass das alles so schwer sein würde? Sie hatte einen Freund gefunden, mit dem sie entzweit war, hatte womöglich die wahre Liebe gefunden, bei der sie nicht bleiben konnte, und hatte der Welt die Wahrheit erzählt, die sie hätte für sich behalten sollen. Wie sollte sie aus diesem Dilemma je wieder herauskommen?

»Lizzy? Geht es dir gut?«, hörte sie eine piepsige Stimme.

Leonard sprang auf die Fensterbank und schaute zu ihr auf.

»Du kleiner Verräter!«, sagte sie. »Ich weiß genau über dich Bescheid.«

»Oje. Tut mir leid, Lizzy. Ich habe immer nur dein Bestes gewollt.«

»Das weiß ich doch, mein Kleiner.« Nun lächelte sie schon wieder. »Ach, Leonard, was soll ich denn nur tun?«

»Das kann dir keiner beantworten außer dir selbst. Höre auf dein Herz, es wird dir den richtigen Weg weisen.«

Sie lauschte in sich hinein, doch alles, was sie da entdecken konnte, war Schmerz und Kummer. Sie konnte einfach nicht Peters Blick vergessen und seine Worte, die sie mehr verletzt hatten, als sie es je für möglich gehalten hatte.

Kapitel 21

Nur zwei Tage später sollten sie eine traurige Nachricht erhalten: Tante Judith war tot. Von ihnen gegangen im Schlaf, friedlich und ohne Schmerzen. Lizzy war sehr betroffen und klingelte sofort, als sie es von einer Nachbarin hörte, an Peters Wohnungstür.

»Peter. Es tut mir so leid«, sagte sie mit Tränen in den Augen.

»Kannst du es glauben? Sie war schon lange krank und hat keinem von uns etwas gesagt. Deshalb waren ihr die gemeinsamen Samstage so wichtig.«

Nun brach Lizzy in Tränen aus. »Und euren letzten Samstag habe ich zerstört. Ihr habt euch nun keinen letzten gemeinsamen Film ansehen können.«

»Doch, das haben wir. Ich bin wieder zu ihr runtergegangen, nachdem ich mich beruhigt hatte, und wir haben *African Queen* geguckt.«

»Oh, Peter. Du bist ein wahrhaft guter Mensch.«

Peter hielt nun seine Arme auf und sie ließ sich in sie hineinfallen, ließ sich von Peter auffangen.

Behutsam hielt er sie und streichelte ihr übers Haar. »Ist ja schon gut. Sie hat ein schönes Leben gehabt, und jetzt ist sie wieder bei ihrem James.«

Lizzy nickte. Ja, das wollte sie auch gerne glauben.

»Wann ist die Beerdigung?«, erkundigte sie sich.

»Am Freitag um zwölf.«

»Gehen wir zusammen hin?«

»Na klar, das machen wir.«

»Bitte, Peter, können wir uns nicht wieder vertragen? Du fehlst mir so.«

»Ach, Lizzy.« Er ließ nun von ihr ab und sah ihr ganz tief in die Augen. Darin erkannte sie unendliche Traurigkeit, was ja auch kein Wunder war, denn seine Tante war gerade gestorben.

Flehend sah sie ihn an. »Ich bitte dich, Peter.«

»Ich weiß nicht, ob ich das kann. Ehrlich nicht.«

»Aber warum denn nicht?«

»Du weißt es wirklich nicht, oder?«, fragte er und sah ihr weiter in die Augen.

»Ja, was denn? So sag es mir doch endlich, Peter!«

Er brauchte lange, bis er antwortete. »Ist schon gut, Lizzy. Ich möchte einfach nur, dass du glücklich bist. Ich hoffe, dein Malcolm King wird dir das geben, was du dazu brauchst.«

Sie sah Schwermut in Peters Blick. »Peter, gibt es irgendetwas, das du mir sagen möchtest?«

»Nein, nein. Alles gut. Wir sind Freunde, ja? Beste Freunde?«

Sie nickte und war erst verwirrt, denn sie hatte einen Moment lang geglaubt, Peter würde ihr etwas anderes sagen. Dann jedoch war sie erleichtert, dass nun alles wieder gut zwischen ihnen war.

»Wie wär`s? Wollen wir uns an die Arbeit machen? Buch vier wartet darauf, fertig zu werden.«

»Fühlst du dich denn dazu in der Lage, Peter? Du bist doch in Trauer.«

»Tante Judith hätte es so gewollt. Außerdem hätte ich da auch mal eine Idee, für Buch fünf vielleicht. Was hältst du von einem Jungen und einem Mädchen, die sich jeden Tag in der Eisdiele treffen und zusammen Milchshakes trinken?«

Lizzy musste lächeln. Diese Idee hätte von ihr sein können. »Wenn wir aus dem Jungen einen Prinzen machen, dessen Eltern gegen eine Beziehung mit dem bürgerlichen Mädchen sind, fände ich es ziemlich perfekt.«

Sie setzten sich nun an Peters Arbeitstisch. Peter lächelte und nickte zufrieden. »Wollen wir uns eine Pizza bestellen? Wie in guten, alten Zeiten?«

»Sehr gerne.« Sie lächelte ebenfalls. Es war wundervoll, einen Freund wie Peter zu haben.

Kapitel 22

Die Wochen vergingen. Lizzy und Peter hatten Buch fünf – Die Geschichte von Tante Judith und ihrem James – beendet und machten sich an Buch sechs. Buch eins war bereits auf dem Markt und fand überall Begeisterung. Die erste Auflage war nach weniger als einer Woche ausverkauft und es wurde eine zweite Auflage von 100.000 Exemplaren gedruckt.

Lizzy und Peter hatten das zusammen gefeiert, indem sie einen Ausflug in die Berge machten. Lizzy war fasziniert von der Natur und sagte Peter, wie sehr es sie an ihre Heimat erinnerte. Inzwischen hatte sie in einem weiteren Interview verkündet, dass die Prinzessinnensache natürlich eine reine Marketing-Maßnahme gewesen sei. Was zwar nicht die Wahrheit, aber irgendwie auch keine richtige Lüge war. Peter hatte sie gefragt, wer der alte Mann mit dem Bart war und sie hatte ihm schlicht geantwortet, er sei sie aus ihrer Heimat besuchen gekommen.

»Nun sind die sechs Monate bald rum«, sagte Peter, als sie über einige Hügel spazierten.

»Ich weiß.« Sie konnte an nichts anderes denken.

»Was ist mit dem Angebot von Pink Ink, das sie uns für die nächsten fünf Märchenbücher gemacht haben? Nach dem großen Erfolg von der New Yorker Prinzessin wollen sie uns doppelt so viel zahlen.«

»Das Geld ist mir nicht wichtig, Peter.«

Sie wusste, dass es ihm auch nicht wichtig war. Er war nur froh, dass er endlich seine Zeichnungen veröffentlichen konnte und den Job als Kutscher nicht mehr machen musste.

»Das meine ich nicht. Ich möchte wissen, was ich dem Verleger antworten soll. Sagen wir ihm zu?«

»Das geht nicht, Peter. Ich muss doch schon in zehn Tagen zurück nach Hause.«

»Musst du denn wirklich gehen?«

»Leider ja.« Sie hatte so gehofft, dass es einen Grund zum Bleiben geben würde. Aber Malcolm hatte ihr, obwohl sie sich regelmäßig trafen, noch immer keinen Antrag gemacht. Der einzige Grund, weshalb sie in der Realen Welt bleiben würde, wäre die wahre Liebe. Allein für eine wage Hoffnung zu bleiben, war keine Option. »Du kannst dem Verleger aber trotzdem zusagen und die nächsten Bücher einfach allein schreiben.«

»Lizzy, ich zeichne. Das Ausdenken der Geschichten ist deine Sache.«

»Ach was. Du hast das beim letzten Buch auch ganz wundervoll gemacht.«

»Die Ansätze von Ideen, die du ausgearbeitet hast? Ohne dich bekomme ich das nicht hin. Könntest du nicht von zu Hause aus dran arbeiten? Wir könnten das zusammen über Emails hinbekommen.«

»Peter ... das geht nicht, es tut mir leid.«

Jede Erklärung wäre sinnlos gewesen, Peter glaubte ihr nämlich noch immer nicht. Und sie durfte ja auch nicht mehr über ihre wahre Identität sprechen.

In diesem Moment kam eine Blaumeise angeflogen und zwitscherte ihr etwas zu.

»Oh nein. Ich komme sofort!«, sagte sie ihr.

Peter starrte sie an. »Sprichst du etwa mit dem Vogel?«

Sie sah Peter nur wortlos an und folgte dann dem Vogel, der sie zu seinem Nest brachte, das vom Baum gefallen war. Sofort hob sie es auf und entdeckte dabei, dass eines der Eier kaputtgegangen war.

»Es tut mir so leid für dich«, sagte sie voller Mitleid und legte das Nest zurück auf seinen Ast.

»Mein armes Kind«, bedauerte die Blaumeise. Dann wandte sie sich an Lizzy: »Ich danke dir, dass du mir geholfen hast, bevor Schlimmeres passieren konnte. Hier gibt es nämlich einen Fuchs, der schon lange scharf auf meine Eier ist.«

»Gern geschehen. Nun geh zurück in dein Nest und pass gut auf deinen Nachwuchs auf.«

Als sie zu Peter sah, starrte der sie noch immer an. Er war ihr gefolgt und stand mit weit offenem Mund da.

»Was ist, Peter?«, fragte sie und musste lachen.

»Du kannst es wirklich, oder? Ich habe dir kein Wort geglaubt, aber ...«

Fröhlich hüpfte sie davon und sang ein Lied. Wenigstens einen hatte sie letztlich überzeugt, und zwar den einen, der ihr besonders lieb war.

Kapitel 23

»Lizzy, Lizzy!«, rief Babette ihr entgegen, als sie zwei Tage später an ihrem Fenster stand und die frische Luft einatmete. Es war Oktober und die Luft wurde mit jedem Tag klarer und kühler.

»Babette, immer mit der Ruhe! Was ist denn passiert?«

»Ich habe wundervolle Neuigkeiten!« Die Taube nahm auf Lizzys Schulter Platz. »Soeben bin ich an einem Juwelier vorbeigeflogen, und nun darfst du dreimal raten, wen ich darin entdeckt habe!«

»Ich weiß nicht. Nun sag es mir schon!«

»Deinen Prinzen. Er hat einen Ring gekauft.«

»Einen Ring? Wahrhaftig?«

»Ja, wenn ich es dir doch sage.«

»Oh, fein. Glaubst du, er wird endlich um meine Hand anhalten?«

»Ja, das glaube ich, liebste Lizzy. Er weiß, er hat nicht mehr viel Zeit, denn bald musst du zurückgehen.«

Sie lächelte fröhlich. Das hatte sie schon gar nicht mehr zu hoffen gewagt. Würde er es wirklich tun? Würde er sie zu Lizzy King machen?

»Ich danke dir für diese äußerst erfreuliche Information, Babette.«

»Sag mir sofort Bescheid, wenn er dich gefragt hat, ja?«

»Aber natürlich.«

Sie schloss das Fenster und machte sich auf zur Arbeit. Dort las sie heute den Kindern aus Dornröschen vor, wobei sie an Rosaly denken musste und daran, dass sie sich in nur einer Woche wiedersehen würden. Oh, sie hatten einander so viel zu erzählen, in den sechs Monaten war so unendlich viel Aufregendes geschehen.

Wenn nun aber ... wenn Malcolm ihr einen Antrag machte und sie hier bei ihm bliebe, würde sie Rosaly dann je wiedersehen? Es wäre schlimm genug, ihre lieben Eltern und die Schwestern niemals wiederzusehen, aber Rosaly? Ihr blieb nur zu hoffen, dass auch sie sich dazu entschloss, in der Realen Welt zu bleiben. Dies würde sie allerdings erst in Erfahrung bringen können, wenn ihr Magical beendet war. Und dann wäre es schon zu spät.

Ach, was schwirrte ihr da nur durch den Kopf? Sie kannte Rosaly besser als jede andere und wusste doch genau, dass sie niemals auch nur auf den Gedanken kommen würde, in der Realen Welt zu bleiben. Sie war viel zu gut und lieb, um ihrer Mutter das Herz zu brechen.

Lizzy dachte an etwas, das ihre eigene Mutter ihr immer wieder gesagt hatte: »Nichts ist so wertvoll wie die wahre Liebe. Wenn du sie gefunden hast, lasse sie nie wieder los.«

Ob ihre Mutter es verstehen würde, wenn sie auf ihr Herz hörte?

Sie war heute nach der Arbeit mit Malcolm verabredet. Er wollte sie abholen und sie schick ausführen, hatte er gesagt. Lizzy war unglaublich aufgeregt. Wollte Malcolm es etwa heute tun?

Als kurz vor Ladenschluss jedoch die Glocke bimmelte und sie sich freudig umdrehte, stand nicht Malcolm vor ihr, sondern Peter. Und er hielt einen Karton mit Donuts in der Hand.

»Peter!«, stieß sie hervor.

»Hi. Ich dachte, ich bringe Donuts vorbei. Heute ist nämlich ein großer Artikel in der Tribune erschienen – über uns und unsere Bücher. Eine ganze Seite voll!« Er zückte eine eingerollte Zeitung aus der hinteren Jeanstasche.

»Das ist ja wundervoll!«

»Ich würde sagen, das müssen wir feiern, oder? Wollen wir im Park spazieren gehen und auf unserer Bank die Donuts essen? Ich habe all deine Lieblingssorten gekauft, weil ich mich mal wieder nicht entscheiden konnte.« Er lächelte ihr zu.

So sehr sie auch auf einen Spaziergang im Park mit Donuts Lust hätte, hatte sie doch ein Rendezvous mit Malcolm, der höchstwahrscheinlich heute Abend um ihre Hand anhalten würde. So leid es ihr tat, sie musste Peter absagen.

»Oh, Peter, verzeih, aber ich bin schon verabredet.«

»Mit Malcolm?«, fragte er. Er ließ die Zeitung und die Schultern sinken.

»Ja. Wir gehen essen und ...«

Und schon stand auch noch Malcolm in der Tür.

»Lizzy, hallo, mein Schatz.«

»Hallo, Malcolm«, sagte sie, ging auf ihn zu und ließ sich von ihm auf die Wange küssen.

Sie konnte nicht glauben, was sie in Peters Augen sah. Es war Eifersucht!

Sie sah zu Violet hinüber, die ihr mitleidige Blicke zuwarf. Sie musste schnell weg, mit Malcolm, damit er sie bitten konnte, seine Frau zu werden, und damit das alles endlich ein Ende hatte.

»Es tut mir leid, Peter. Violet, ich mache jetzt Feierabend, bis morgen!« Sie schnappte sich Malcolms Hand und stürmte mit ihm aus dem Laden.

Draußen eilte sie so schnell sie konnte über die Straße, Malcolm im Schlepptau.

»Lizzy, wo willst du denn so eilig hin?«, fragte er.

»Ich habe Hunger wie ein Bär«, sagte sie und musste daran denken, dass sie dieselben Worte einmal zu Peter gesagt hatte.

Sie drehte sich noch einmal zum Laden um. Peter stand nun davor und sah ihr traurig nach. Sie lief noch schneller, sprintete über die Straße zum Bürgersteig hin und verlor dabei einen ihrer gläsernen Schuhe.

»Oh, nein, mein Schuh!«, rief sie und sah mit Schrecken dabei zu, wie ein Auto auf ihn zuraste.

»Nein, geh nicht zurück!«, hielt Malcolm sie auf. »Es ist doch nur ein Schuh.«

Im selben Moment sah sie Peter auf die Straße und den Schuh zu laufen, ihn in letzter Sekunde vor dem heranfahrenden Wagen retten und einen Schritt zurücktreten. Das Auto hupte. Lizzy sah zu Peter, der ihren Schuh in der Hand hielt. Das Auto und zwei folgende verdeckten ihn für einen Augenblick, dann kam er auf sie zu und überreichte ihn ihr – ihren gläsernen Schuh.

»Peter ...« Sie nahm ihn entgegen und zog ihn sich wieder an. »Ich danke dir.«

»Was wärst du denn ohne deine Glasschuhe?«, fragte er und lächelte traurig.

Sie sah ihm nach, wie er davontrottete.

»Kommst du? Deinen Schuh hast du ja nun wieder«, sagte Malcolm. Malcolm, der nur dagestanden hatte, während Peter sein Leben für sie riskiert hatte.

»Ja, ich komme«, sagte Lizzy.

Malcolm führte sie in ein sehr elegantes Restaurant, wo sie heute mit ihrem extravaganten Kleid sogar einmal hinpasste. Sie bestellten sich jeder einen Shrimpcocktail zur Vorspeise. Als Lizzy ohne großen Appetit nach der ersten Krabbe griff, entdeckte sie einen Ring über deren Schwanz.

»Malcolm?« Fragend sah sie ihren Prinzen an.

»Lizzy, ich hoffe, du findest das nicht kitschig. Ich habe das mal in einem Film gesehen und dachte, wenn ich dir schon einen Antrag mache, sollte dieser auch außergewöhnlich sein. So wie du.«

Er ging nun auf die Knie.

»Malcolm, was hast du vor?«

»Lizzy, willst du meine Frau werden?« Erwartungsvoll sah er sie an.

Oh nein! Warum fühlte sich das so falsch an?

Das war es doch, was sie sich die ganze Zeit gewünscht hatte. Das war es gewesen, das Einzige, was sie zum Hierbleiben hätte bewegen können. Das hatte sie zumindest geglaubt, bis Peter vor ihr gestanden hatte mit dem gläsernen Schuh in der Hand. Da hatte sie es erkannt, da war es ihr auf einmal so klar. Warum war sie nur so blind gewesen?

»Malcolm, es tut mir so leid, aber ich kann deinen Antrag nicht annehmen.«

Malcolm machte ein enttäuschtes Gesicht und setzte sich wieder auf seinen Stuhl. Verlegen sah er sich um, um herauszufinden, wieviel die Leute mitbekommen hatten.

»Und warum nicht, wenn ich fragen darf? Geht es dir zu schnell? Ja, wir kennen uns erst seit ein paar Monaten, aber ich empfinde bereits so viel für dich und ich weiß genau, dass du die Richtige für mich bist.«

Lizzy fühlte sich schrecklich, und doch wusste sie in diesem Moment ganz genau, was das Richtige für *sie* war. Wer der Richtige für sie war.

Sie sprang nun vom Stuhl. »Es gibt einen anderen.«

»Etwa diesen Kutscher?«, fragte Malcolm herablassend.

»Ja, der Kutscher, der Künstler, der beste Freund, den ich je hatte.«

Malcolm schüttelte nur den Kopf vor Entrüstung.

»Verzeih, aber ich muss nun los.«

Sie lief los, lief aus dem Restaurant, lief die sieben Blocks bis zu ihrem Apartmenthaus und die Treppen bis in den vierten Stock hinauf. Völlig außer Atem klopfte sie mit beiden Fäusten an Peters Tür.

»Lizzy«, sagte er erstaunt, als er sie öffnete. »Bist du gerannt?«

»Ja«, japste sie.

»Warum?«

»Weil ich zu dir wollte.«

»Was ist mit Malcolm?«

»Er ist nicht der Richtige, ist es nie gewesen. Ich habe es endlich erkannt, Peter!«

»Oh«, machte Peter. Mehr sagte er nicht, sah sie nur erwartungsvoll an.

»Oh, Peter. Erst jetzt habe ich erkannt, dass der Richtige schon die ganze Zeit an meiner Seite war. Wie könnte es auch jemand anders sein als der Mann, der mir Donuts bringt und mir hilft, meine Aufgabe zu erfüllen, indem er ganz zauberhafte Figuren zu meinen Geschichten zeichnet? Der Mann, der seiner alten Tante an jedem einzelnen Samstag Gesellschaft leistet und sich Filme ansieht, die er sich allein niemals angesehen hätte? Welch gütigeren Mann könnte es geben? Wer könnte meiner würdiger sein als dieser Mann von Charakter und Verlässlichkeit? Welcher Mann würde vor ein Auto springen, nur um mir meinen Glasschuh zurückzuholen?« Sie war noch immer völlig außer Atem.

»Sprichst du etwa von mir?« Peter sah sie jetzt mit großen Augen an.

»Von wem denn sonst, du wunderbarer Freund?«

»Ich muss zugeben, ich bin mehr als verwirrt. Ich dachte, ich wäre nur das für dich – ein Freund.«

»Kannst du nicht einfach beides sein?«

»Beides?«

»Mein Freund … und mein Prinz?«

Peter schien überwältigt, atmete einmal ganz tief ein und aus, dann hob er sie in die Lüfte und küsste sie.

Dieser Kuss sagte mehr als tausend Worte. Er war ein Versprechen für die Zukunft, er sagte, dass er sie auf ewig lieben würde.

Epilog

»So einen Brief habe ich auch bekommen«, sagte Peter, als Lizzy ihm ihren zeigte, der heute in der Post gewesen war.

Das Magical hatte bereits vor eine Woche geendet. Die Prinzessinnen waren alle wieder zurück in Fairyland, zumindest glaubte Lizzy das. Sie hoffte ja noch immer darauf, dass Rosaly oder eine der anderen sich ebenfalls dazu entschieden hatte, zu bleiben. Die Zeit würde es zeigen.

Sie hatte Leonard ein winziges Päckchen mitgegeben und ihn gebeten, es ihrer Mutter zu bringen. Darin waren die wertvolle Kette und ein kleiner zusammengefalteter Brief, in dem sie ihrer Mutter erklärte, warum sie bleiben musste und ihr sagte, dass sie sie liebhatte. Das blaue Haarband behielt sie als Erinnerung an sie.

Sie würde niemals wieder zurück ins Märchenland gehen können, würde ihre Familie und ihre lieben Freundinnen nie wiedersehen. Der Gedanke daran bereitete ihr Kummer, aber sie wusste, der Kummer würde vergehen. Peter war es wert, er war es alles wert. Nie im Leben war sie so glücklich gewesen.

»Wir sollen zu einer Testamentseröffnung kommen?« Lizzy starrte auf den Umschlag, den ein Notar ihr geschickt hatte.

»Ich bin gespannt, was Tante Judith in ihren letzten Tagen noch ausgeheckt hat.« Peter lächelte. Oft unterhielten sie sich über die wunderbare Frau, die Tante Judith gewesen war, und sie spürten es beide, dass es ihr jetzt gutging, wo immer sie auch war.

Wenige Tage später sollten sie es erfahren. Als Tante Judiths Anwalt ihnen nämlich ihren letzten Willen vorlas.

»Und hiermit bestimme ich, dass mein Großneffe Peter Bryson und meine Mieterin und Freundin Lizzy Charming zu gleichen Teilen mein Apartmenthaus in Greenwich Village erben«, verlas er.

»Oh mein Gott«, brachte Peter hervor.

»Wir haben das Haus geerbt?«, staunte Lizzy.

»Ich glaube, auf diese Weise wollte Tante Judith uns einander näherbringen. Sie fand schon immer, dass wir ein schönes Paar wären.«

»Das hat sie gesagt?«

»Mehr als einmal. Und nun haben wir es sogar ohne ihre Hilfe geschafft. Sie wäre sicher stolz auf uns«, sagte Peter.

Lizzy strahlte Peter an. »Ja, das wäre sie.«

»Was wollen wir denn jetzt mit dem Haus machen?«, fragte Peter, als sie Hand in Hand nach Hause spazierten.

»Uns wird schon etwas einfallen. Vielleicht beziehen wir als Erstes die große Wohnung ganz unten? Das wäre doch viel praktischer, als in zwei Apartments zu wohnen.«

»Eine gute Idee. Da unten wäre auch viel mehr Platz für all die Kinder, die wir haben werden.«

Lizzy blieb stehen und sah Peter verzückt an. »All die Kinder? Wie viele Kinder wollen wir denn haben?«

»Oh, eine ganze Rasselbande, will ich doch hoffen. Wir haben immerhin ein ganzes Haus, wo wir sie unterbringen können.«

Lizzy lächelte glücklich. »Die Vorstellung finde ich schön.«

»Weißt du, welche Vorstellung ich schön finde?«

Fragend sah sie Peter an. »Welche?«

»Die, in der du meine Frau bist.« Er sah auf sie herab, streichelte ihr über die Wange, nahm ihr Kinn in seine Hand und fragte: »Lizzy Charming, würdest du mir die Ehre erweisen, mich zu heiraten und mich somit zum glücklichsten Mann auf der ganzen Welt zu machen?«

Tränen bildeten sich in ihren Augen, sie konnte ihr Glück kaum fassen.

»Ja!«, sagte sie. »Ja!«

Peter hob sie an, als wäre sie eine Feder. Überglücklich drehten sie sich im Kreis, wobei Lizzys Kleid im Wind flatterte und ihre Füße mit den gläsernen Schuhen durch die Lüfte flogen.

So hatte Lizzy doch noch ihren Prinzen gefunden, inmitten von Wolkenkratzern statt von Märchenschlössern, ganz unerwartet, und doch auf wundersame Weise. Wer hätte das an ihrem allerersten Tag in New York gedacht, als sie auf Peters Kutsche stieg? Keiner der beiden jedenfalls.

Du vielleicht?

Teil 2 der Princess-in-love-Reihe ab April erhältlich:

Rosaly, Tochter von Dornröschen und Prinz Philipp, darf ihr Magical in New Orleans absolvieren, wo sie den Liebenden als Hochzeitsplanerin behilflich sein soll. Schon am ersten Tag begegnet sie dem Jazzmusiker Henry, jedoch hat sie für eigene Liebesangelegenheiten leider kein ganz so gutes Händchen.

13683284R00097

Printed in Poland
by Amazon Fulfillment
Poland Sp. z o.o., Wrocław